Mme DESBORDES - VALMORE

POÉSIES

DE

MME DESBORDES - VALMORE

publiées par

GUSTAVE REVILLIOD

DEUXIÈME ÉDITION

GENÈVE

IMPRIMERIE JULES-GUILLAUME FICK

1873

A MME DESBORDES-VALMORE

APRÈS LA LECTURE DE SES ŒUVRES POSTHUMES

imprimées à Genève en 1860

PAR LES SOINS DE M. REVILLIOD

Avec un saint respect j'ouvre ton dernier livre,
Muse aux accents si doux, aux pleurs mélodieux :
Attachée à tes pas, ma tendresse aime à suivre
Les échos immortels de tes derniers adieux ;

Ces chants où la famille est peinte si sacrée !
Cet invincible espoir au Dieu plein de bonté !
Cette âme incessamment par la lutte navrée !
Cet idéal vainqueur de la réalité !

VI

Ce cœur toujours vibrant sous d'horribles tristesses,
Aux humaines douleurs toujours prêt à s'ouvrir!
Ces bras toujours tendus pour donner leurs caresses!
Cette âme qui ne sait rien qu'aimer et souffrir!   .

De quel divin foyer procédait cette flamme!
Seigneur!... vous paraissiez vous en montrer jaloux,
Quand votre bras frappait cette héroïque femme
Qui, pour baiser vos pieds, meurtrissait ses genoux.

C'est ici qu'apparaît, dans ses rigueurs suprêmes,
Votre loi, qui nous fait expier lentement
Nos plus humbles plaisirs, nos chants, nos vertus mêmes
Et jusques à nos pleurs répandus saintement.

Est-ce un crime, ô mon Dieu! digne de vos colères
Que de savoir aimer et le dire aux mortels,
Avec des mots versant du feu dans leurs artères?
Le feu pur de l'amour ravi sur vos autels!

Oh ! pardonnez, Seigneur, pardonnez à toute âme
Qui, s'exilant des cieux, croyant y revenir,
S'incarna quelque jour. dans le sein d'une femme
Pour en sortir esclave. et faite pour souffrir.

Cette Muse a longtemps marché sous la tempête ;
Et désarmé, Seigneur, par ses nobles douleurs,
Vous avez fait germer, pour couronner sa tête,
Des larmes dans nos yeux, des regrets dans nos cœurs.

Et c'est avec respect que, sur son dernier livre,
Je dépose ces chants, tribut mélodieux,
Et que, triste et charmé, mon regard aime à suivre
Ses traces sur la terre et son vol dans les cieux.

MARIA CELLINI.

POÉSIES INÉDITES

DE

Mme DESBORDES-VALMORE [1]

Le premier Recueil imprimé de Mme Desbordes-Valmore est de 1819; le dernier Recueil posthume, celui que nous annonçons, est de 1860. Le tendre et délicat poëte s'est éteint, il y a un an, le 23 juillet 1859. Ainsi, à quarante ans de distance, le même poëte a chanté; cette voix de femme, si émue dès le premier jour, si pleine de notes ardentes, éplorées et suaves, ne s'est pas brisée durant cette longue épreuve de la vie, épreuve qui cependant a été plus rude pour elle que pour d'autres; elle a gardé jusqu'à la fin ses larmes, ses soupirs, ses ardeurs. Le dernier Recueil de Mme Desbordes-Valmore peut se placer à côté du premier; il y a des choses aussi belles, aussi tristes,

---

1 Publiées par les soins (et, comme on disait autrefois, *sumptu et impensis*) de M. Gustave Revilliod, de Genève.

aussi passionnées, aussi jeunes : rare privilége et qui ne saurait appartenir qu'à une âme intimement poétique et qui était la poésie elle-même !

Ce dernier Recueil est comme une urne funéraire où la piété d'un fils et celle d'un ami ont rassemblé ce qui restait d'elle. On ne juge pas de telles œuvres, on ne les critique pas. Et en général je dirai que des poëtes véritables, et du moment qu'ils ont disparu, il n'y a plus que les qualités qui doivent compter. Les défauts, on les sait, mais on ne peut plus espérer d'en avertir utilement, ni de les corriger. Ecartons les défauts, extrayons les beautés. Ces poëtes que nous avons connus vivants et que nous avons aimés, ils ont souffert, ils ont eu leurs défauts, leurs faiblesses, des plis à leurs ailes, leurs taches de poussière et leurs ombres ; ils se sont consumés sur le bûcher : il n'y a plus que la flamme qui monte.

Dans une première division du Recueil où se lit cette inscription, *Amour*, il se trouve de bien jolis motifs de chants, des mélodies pures, et qui rappellent l'âge, déjà bien ancien, où la poésie se nourrissait encore toute de sentiment :

LES ROSES DE SAADI

J'ai voulu, ce matin, te rapporter des roses. . . *(Voir page 19.)*

LA JEUNE FILLE ET LE RAMIER

Les rumeurs du jardin disent qu'il va pleuvoir ;

. . . .

Amants, vous attendez, de quoi vous plaignez-vous ? *(P. 20.)*

Ce dernier vers n'est-il pas un vers oublié de La Fontaine?

Il y a des âmes qui apportent dans la vie comme un besoin de souffrances et une faculté singulière de sentir la peine : elles sont d'ordinaire servies à souhait. Les vers de Mme Desbordes-Valmore, les plaintes et les cris exhalés en ses précédents Recueils, ont assez montré que telle était sa nature, et que la destinée n'avait pas manqué non plus à cette douloureuse vocation. On en retrouve trace et témoignage dans le présent volume ; cette âme semble tout à fait vouée à aimer sans être aimée, sans trouver de juste réponse dans l'objet de son erreur. Une émule, une héritière de Mme Desbordes-Valmore en poésie comme aussi en souffrance, a dit : « L'amour est une grande duperie : il lui faut toujours une victime, et la victime est toujours la partie aimante et vraie. Vous aimez, donc vous n'êtes pas aimé; vous êtes aimé, donc vous n'aimez pas. Et voilà l'éternelle histoire...» Non, cela n'est pas aussi nécessaire que le croient certaines âmes sous le coup de l'orage ; il est des félicités douces, permises, obscures ; celles-là, il est vrai, ne se chantent pas : elles se pratiquent en silence. Mais la poésie, de tout temps, a plus profité des orages que du calme, et des infortunes que du bonheur. Voici quelques notes de plus à ajouter à ces accents de la passion, ou plaintifs, ou déchirants. — Et la plainte d'abord :

TROP TARD.

Il a parlé. Prévoyante ou légère.... (P. 33.)

Mais voici le déchirement, le réveil en sursaut, la révolte d'une âme délicate et confuse, qui s'agenouille et se cache entre ses deux ailes, et qui ne sait à qui s'en prendre d'avoir trop reconnu par elle-même, et à son détriment, cette fatale vérité, qu'il n'y a point d'orgueil quand on aime :

Fierté, pardonne-moi.... *(P. 38.)*

L'âme qui a senti de la sorte court risque de ne jamais guérir et de rester inconsolable en effet, dans une attitude de suppliante, avec sa blessure non fermée, et implorant toujours son pardon :

LE SECRET PERDU

Qui me consolera ? — « Moi seule, a dit l'Etude... *(P. 45.)*

Humiliée, anéantie, pitoyable dans tous les sens du mot et charitable, sévère à soi, indulgente aux autres, cette âme a pour ses compagnes en douleur des conseils pleins d'une .douceur infinie et d'une résignation toute persuasive :

CROIS-MOI

Si ta vie obscure et charmée.... *(P. 57.)*

Quant à elle-même, portant et cachant son mal, ce mal, dit-elle, *dont on n'ose souffrir*, dont on n'ose *ni vivre ni mourir*, elle découvre tout au fond de son cœur, un jour, qu'il n'y a qu'un remède, un consolateur ; et comme elle a en elle de cette flamme et de cette tendresse qui transportait les Thérèse et les Madeleine, comme elle a sucé la croyance

avec le lait, elle regarde enfin là où il faut regarder, et elle s'écriera dans des stances qui se peuvent lire, ce me semble, après certain sermon de
Massillon :

LA COURONNE EFFEUILLÉE

J'irai, j'irai porter ma couronne effeuillée.... *(P. 163.)*

Je n'oserai répondre de l'exacte théologie et
orthodoxie de cette prière, mais du moins c'est de
la touchante poésie.

Nulle plus que Mme Desbordes-Valmore n'a été
sensible à l'amitié et n'en eut le culte fidèle. Un
ami poëte, qui l'avait souvent entourée de ses
soins, mais dont l'absence s'était fait remarquer un
jour, dans un des deuils trop fréquents qui enve-
loppèrent ses dernières années, devint l'occasion,
l'objet de ce cordial et vibrant appel :

LA VOIX D'UN AMI

Si tu n'as pas perdu cette voix grave et tendre.... *(P. 31.)*

Est-ce d'elle qu'il est besoin de remarquer
qu'elle était la plus étrangère aux vanités de
l'amour-propre? Elle accueillait chaque louange
avec étonnement, avec reconnaissance; je n'ai
jamais vu de talent aussi vrai qui ressemblât
davantage à l'humilité même. Elle aimait les
femmes poëtes, celles qui sont dignes de ce nom;
elle les louait volontiers, elle les préférait à elle,
et cela non pas seulement tout haut, mais aussi
tout bas, sincèrement. Quand la belle et brillante

Delphine, Mme Emile de Girardin, fut enlevée
avant l'heure, Mme Desbordes-Valmore, qui l'avait
vue commencer et qui s'attendait si peu à la voir
finir, eut un hymne de deuil digne de son noble
objet, et dans lequel cependant elle prête un peu,
je le crois, de sa mélancolie à l'éblouissante muse
disparue; mais le mouvement est heureux, le ton
général est juste et d'une belle largeur :

La mort vient de frapper les plus beaux yeux du monde...
(P. 237.)

Il y avait en Mme Desbordes-Valmore la mère :
comment ceux qui l'ont connue ou qui la lisent
pourraient-ils l'oublier ? Mère, elle aurait pu goûter
toutes les satisfactions et tous les orgueils, si elle
n'avait pressenti, même avant de les épuiser,
toutes les douleurs. Des deux filles qu'elle perdit,
l'une, l'aînée, personne d'un rare mérite, d'une sensibilité exquise jointe à une raison parfaite, était
poëte aussi ; dans des vers d'elle sur le Jour des
Morts, je me souviens de celui-ci qui s'adressait
aux êtres chers qui nous ont été ravis :

Vous qui ne pleurez plus, vous souvient-il de nous ?

La seconde fille de Mme Desbordes-Valmore,
poëte également si l'on peut appeler de ce nom la
sensibilité elle-même, avait plutôt en elle la faculté
de souffrir de sa mère, cette faculté isolée, développée encore et aiguisée à un degré effrayant ;
pauvre enfant inquiet, irritable, malade sans cause
visible, elle se consumait, elle se mourait lentement, et par cela seul qu'elle se croyait moins

regardée et favorisée, moins aimée; devenue l'objet
d'une sollicitude continuelle et sans partage (car
elle était restée seule au nid maternel), rien ne
pouvait la rassurer ni apprivoiser sa crainte, et la
plus tendre chanson de sa mère ne faisait que
bercer son tourment sans jamais réussir à l'apaiser
ni à l'endormir :

INÈS

Je ne dis rien de toi, toi, la plus enfermée.... *(Page 118.)*

Il faut lire encore la pièce qui a pour titre : *la
Voix perdue.* — Rapprochement singulier et qui
est un lien entre ces natures poétiques, mystérieuses! Cette mère qui avait tant souffert du
silence de sa charmante et sauvage enfant et de la
voir ainsi mourir sans épanchement et sans plainte,
arrivée elle-même aux dernières années et aux derniers mois qui précédèrent sa fin, s'enveloppa dans
un silence résigné et profond, admettant à peine
la lueur du jour, les soins du médecin ami, et les
soulagements passagers par lesquels s'entretient
l'illusion des mourants : elle s'éteignit elle-même
lentement, muette et sans illusion.

J'ai omis jusqu'ici, j'ai trop laissé dans l'ombre
une partie bien essentielle d'elle et de son âme :
c'était sa charité active pour tous les souffrants, les
faibles, les vaincus, les prisonniers. Elle ne songeait pas à être une héroïne politique quand elle
allait ainsi les chercher à travers les barreaux,
pas plus qu'elle n'était une théologienne quand
elle épanchait avec confiance ses pleurs et ses par-

fums devant Dieu ; elle n'avait que des instincts
de miséricorde et de fraternité humaine, mais elle
les avait pressants, irrésistibles. C'est à l'un de
ces prisonniers, à un ardent apôtre d'une réforma-
tion future, qu'un jour, en des vers qu'elle lui
adressait, elle montrait, pour le consoler, l'image
du Christ, et rencontrait ce vers sublime, digne
d'être à jamais retenu :

Lui dont les bras cloués ont brisé tant de fers !

La mort de cette personne bienfaisante, annon-
cée à l'un de ceux qu'elle avait ainsi consolés, amena
l'éloge suivant que je ne puis résister à transcrire,
et qui, sorti d'une veine austère, a tout son prix.
La lettre d'où je tire ces lignes est adressée au
pieux fils de Mme Desbordes-Valmore : « Vous
êtes, lui disait cet ami au cœur reconnaissant, vous
êtes, monsieur, le fils d'un ange : la patrie des
lettres et de la poésie n'en produit que bien rarement de tels. Dans ce monde d'intrigues, de dissi-
mulation, de faux amours et de haines mercenaires,
où tout se vend jusqu'au génie, elle a conservé son
génie pur de toute atteinte, sa renommée toujours
jeune, et son cœur exempt d'occasions de haïr. Ses
émules l'ont adorée; ses lecteurs l'ont toujours
bénie. Elle a été plus qu'une Muse, elle n'a jamais
cessé d'être la bonne Fée de la poésie; et dans
mes nombreux souvenirs du cœur, mon titre le plus
doux est d'avoir conservé sa sympathie qui m'a
suivi à travers tous mes barreaux. Je l'aurais
aimée comme une mère et à vous en rendre jaloux,
si mon âge ne m'avait permis de l'aimer comme

une sœur. Elle m'a écrit en vers, elle m'a écrit en prose, et toutes ses lettres ont le même charme pour moi. Je crois que Mme votre mère était poëte jusque dans le moindre signe, jusque dans le moindre soin. Son dernier silence était un pressentiment qu'elle ne voulait communiquer à personne, tant elle craignait d'être la cause d'une affliction. »

Nous aimons à finir sur un éloge si délicat. Pour nous, nous n'avons voulu ici que détacher quelques-unes de ces fleurs encore humides de larmes, qui se nuisent quand elles sont un peu trop pressées, et les offrir au lecteur, nouées à peine d'un simple fil.

SAINTE-BEUVE.

(*Moniteur universel* du 13 août 1860.)

PORTRAITS POÉTIQUES

Mme DESBORDES-VALMORE

Un Genevois bien connu de tous les amateurs de livres rares et curieux par ses belles éditions de la chronique de Froment sur l'établissement de la réforme à Genève et des pamphlets anti-romains de François Bonivard, M. Gustave Revilliod, vient d'acquérir un nouveau titre à la reconnaissance des lecteurs éclairés par la publication des poésies inédites de Mme Desbordes-Valmore. Il a réuni et noué en bouquet les dernières fleurs tombées de cette main fiévreuse et défaillante, il nous a fait entendre les derniers accents de cette voix que l'amour et la douleur avaient rendue éloquente et inspirée. Ainsi c'est un Genevois qui a offert à la France souvent oublieuse cet héritage poétique d'un enfant de la France ; qu'il reçoive ici l'expression de notre reconnaissance pour cet acte de piété, et qu'une partie de cette reconnaissance revienne à cette noble ville de Genève, qui n'a jamais rien laissé perdre des trésors de la France, qui les a toujours précieusement recueillis pour les lui rendre au jour voulu. Puisse-t-elle long-temps rester à nos portes comme une petite patrie à côté de la grande, comme une petite France où nous puissions, en compagnie de semi-concitoyens, jouir de l'illusion de la patrie ! J'ai quelquefois entendu exprimer le vœu que Genève pût être un jour réunie à la France ; je ne sais quelle force politique la France retirerait de cette union, mais je sais bien ce que les lettres françaises y perdraient. Genève a cet inappréciable avantage de pouvoir être française d'une manière désintéressée, de pouvoir goûter notre littérature sans avoir besoin d'accepter ses exagérations, de pouvoir suivre le mouvement des idées françaises sans avoir à subir la tourmente de nos opinions et de nos caprices. Grâce à la distance où elle est de nous, la lumière seule vient jusqu'à elle ; la fumée de nos combats, le tapage de nos cabales bruyantes se dissipent dans l'espace, et elle n'en est pas importunée. Les mille riens tumultueux et changeants qui absorbent l'attention parisienne lui restent inconnus. Comme sa mémoire est moins chargée et moins distraite que la mémoire française, ses souvenirs sont plus durables ; comme ses jugements sont plus réfléchis, ils sont plus rarement revisés. Genève connaît moins de noms que Paris, mais elle se rappelle toujours ceux qu'elle a connus une fois, parce qu'elle a eu à l'origine une raison sérieuse de les retenir. Et voilà pourquoi, tandis que Mme Desbordes-Valmore mourait, il y a près de deux ans, au milieu d'une inattention presque générale, ses derniers vers nous arrivent aujourd'hui sous le patronage de Genève, qui, moins ingrate que la France, avait su mieux apprécier les rares facultés poétiques dont était douée cette âme exceptionnelle.

Mme Desbordes-Valmore est morte presque oubliée; elle n'était guère plus qu'un souvenir, que cette chose légère que le poète latin appelle si mélancoliquement l'ombre d'un nom. Elle n'avait jamais eu auprès de ses contemporains la renommée qu'elle méritait, et c'est à peine si les nouvelles générations la connaissaient. On peut dire que la malencontreuse destinée qui l'avait poursuivie et blessée a été implacable à son égard. Elle qui avait tant pleuré, tant souffert, elle n'a pas eu la dernière consolation des poètes malheureux : celle de pouvoir communiquer à un vaste public la contagion de ses tristesses. Les jeunes gens et les femmes, qui d'ordinaire forment le cortége des poètes rêveurs et mélancoliques, lui ont manqué, ou ne se sont pas sentis attirés vers elle, soit qu'on ne l'ait pas suffisamment désignée à leur attention, soit que les sentiments exprimés par le poète fussent trop excessifs ou trop personnels pour leur inspirer l'enthousiasme ou l'admiration. Peut-être, en effet, y avait-il là trop de larmes et trop de cris, peut-être l'expression de ce désespoir était-elle trop vibrante et trop plaintive, peut-être cette douleur était-elle trop inconsolable pour exciter la sympathie poétique et éveiller dans le cœur des jeunes lecteurs un écho affectueux.

Une femme célèbre de l'Angleterre, mistress Browning, a placé dans la bouche de son personnage d'Aurora Leigh quelques paroles bien amères sur les applaudissements sympathiques de la foule. Développant avec éloquence le fameux vers de Juvénal sur la gloire du capitaine carthaginois, elle a montré ces applaudissements non comme une récompense, mais comme un outrage de plus, comme un nouveau mépris. Mistress Browning a évoqué les charmants fantômes de deux amants penchés l'un vers l'autre sous les lueurs paisibles d'une lampe, lisant les vers du poète, et se disant que c'est là ce qu'ils sentent l'un pour l'autre. Elle se demande si c'est bien là une récompense digne de tant de souffrances solitaires et de tant de veilles enflammées! Oui, c'est une récompense, si l'on songe au petit nombre de poètes qui l'obtiennent, et il a vraiment le droit d'être glorieux, le poète qui peut dire avec certitude : Je sais que mes sortiléges agissent à distance. Aujourd'hui, et pour une minute au moins, j'ai fait entrevoir un monde merveilleux à des yeux qui d'habitude se penchent vers la terre avec l'obstination de l'avarice et l'âpreté de la convoitise ; aujourd'hui j'ai doublé la puissance du dévouement dans un cœur qui m'est inconnu. D'un amour jusqu'alors languissant et incertain j'ai fait un amour héroïque ; j'ai amolli jusqu'à la pitié une âme rebelle au pardon. Oui,

pour celui qui est digne de le ressentir, il y a un
légitime orgueil à pouvoir se dire : Qui sait après
tout combien d'âmes me doivent la vie morale
qu'elles possèdent ? qui sait si toutes ces forces
d'amour et de dévouement ne m'attendaient pas
pour s'éveiller et n'auraient pas à jamais som-
meillé sans moi ? Oui, c'est une récompense, et il
vaut la peine de la mériter, même au prix de la
douleur. — Hélas ! cette récompense elle-même
manqua toujours à la triste Marceline Desbordes-
Valmore. Jamais elle ne put se dire que la destinée
lui avait payé en renommée le prix de ses douleurs, ni que ses malheurs étaient fertiles en larmes de sympathie. Le public fut un peu pour elle
comme le milan de La Fontaine pour le rossignol
à la voix mélancolique et passionnée. Mme Desbordes-Valmore chanta Térée et ses malheurs pour
quelques âmes amies et quelques cœurs frères du
sien. Ce fut là, dis-je, une dernière et suprême injus-
tice du sort, car nul poète contemporain n'a dé-
passé Mme Valmore dans la note qui lui était particulière. Il y a eu des voix plus musicales, plus
étendues, plus riches surtout et plus variées ; il
n'y en a pas eu de plus pénétrantes et de plus poignantes, et qui aient uni au même degré la tristesse et l'ardeur. Le public écouta avec distraction
et ne comprit qu'imparfaitement la beauté de ces
chants, qui sont tout âme et qui semblent la com-
plainte d'un rossignol en deuil. Le nom de Mme Desbordes-Valmore réveillait en lui l'idée d'une femme
poète, auteur de vers faciles, mélodieux, élégants :
il la considérait comme un écho de la poésie lyrique

de ce siècle et la rattachait au groupe de l'école
romantique; il n'a jamais su très-nettement qu'elle
ne devait sa poésie qu'à elle-même, et qu'elle était,
dans le genre qui lui était propre, un poète aussi
original, sinon aussi puissant, que les grands
poètes de l'école romantique. Son vrai public, chose
curieuse à dire, était celui des poètes. Pour ses
confrères en poésie seulement, elle était autre chose
qu'une ombre et un écho : eux seuls connaissaient
sa valeur et rendaient hommage à son mérite, eux
seuls savaient qu'elle faisait partie de leur bande
sacrée et la saluaient comme une sœur malheureuse, une victime de la Muse, dont ils étaient les
favoris. Elle était pour eux comme une de ces personnes nobles maltraitées par le sort, qui ne sont
nobles pour personne excepté pour ceux qui sont
de même race qu'elles. Ni M. Victor Hugo, ni M. de
Lamartine, ni M. de Vigny, ni M. Sainte-Beuve, qui
l'a louée tout récemment encore avec tant de délicatesse, ne démentiraient certainement mes paroles.

Je ne saurais néanmoins m'étonner que Mme
Desbordes-Valmore n'ait pas eu toute la renommée
qu'elle méritait, et que son vrai public fût celui des
poètes et des esprits plus ou moins familiarisés
avec les mystères de la poésie. Pour comprendre
toute la valeur du talent de Mme Valmore, il ne suffit
pas d'avoir un goût délicat et pur, de se plaire aux
belles expressions et aux belles images; il faut
avoir l'instinct métaphysique de la poésie, savoir
ce qu'elle est *en soi*, pénétrer jusqu'à son essence.
Il faut avoir voyagé jusqu'à ces régions silencieuses

et quasi abstraites de l'âme où l'on voit voltiger, pareils à une poussière animée, les germes des pensées, et le fleuve de la passion sourdre humble et petit comme une source qui sort ignorée d'une campagne solitaire. Qu'est-ce que le fleuve à son origine? Un mince filet d'eau. Qu'est-ce que la poésie à son origine? Un atome lumineux qui passe devant les yeux, un cri inarticulé qui s'échappe des lèvres, un tressaillement de l'âme, un battement des artères. Le fleuve ne frappe les hommes d'admiration que lorsqu'il est loin de sa source, et que cette source s'est développée en nappes fécondantes ou en torrents dévastateurs; de même la poésie n'arrache l'enthousiasme que lorsqu'elle est loin de son origine modeste, de son point de départ ignoré, et qu'elle s'est épanouie en œuvres éclatantes. Les hommes n'admirent pas plus la poésie en elle-même qu'ils n'admirent la vie en elle-même; ils admirent les manifestations de la poésie et de la vie. Les plus ardents, les plus raffinés et les plus sensibles des lecteurs ressemblent beaucoup sous ce rapport aux plus illettrés et aux plus endurcis; il leur faut des poèmes pour comprendre la poésie, comme il faut au peuple des symboles pour comprendre les vérités de la religion et de la politique. « Je ne me connais pas en *sculpture*, disait un jour très-finement un paradoxal sculpteur contemporain, je me connais en Michel-Ange, en Jean Goujon, en Phidias. » — « Je ne me connais pas en *poésie*, pourrait répondre avec non moins de justesse plus d'un lecteur, je me connais en Shakspeare, en Dante, en Racine. » La poésie réalisée

en grandes œuvres sera toujours très-inférieure
à la poésie *en essence*, de même que l'expression
de l'émotion sera toujours inférieure à l'émotion
elle-même, et cependant elle lui est très-supé-
rieure en un sens, par cela seul qu'elle est réalisée. Il en est de la poésie encore *indéterminée*
comme des dieux du bouddhisme, qui sont infé-
rieurs aux hommes, et qui cependant sont des
dieux. On les entend gémir comme des voix errantes, loin du monde des vivants, parce qu'ils n'ont
point de corps ; aussi envient-ils le sort des hommes
et attendent-ils avec impatience dans leur éternité
que la nature les ait fait déchoir au rang de ces
mortels qui ne doivent vivre qu'un jour, mais qui
pendant ce jour auront pu au moins s'exprimer et
jouir d'eux-mêmes.

- Or la poésie de Mme Desbordes-Valmore est ce
que je connais de plus abstrait malgré la passion
qui l'anime, de plus rapproché de l'*être* de la poésie.
Il a été très-bien dit par M. Sainte-Beuve que Mme
Valmore était plus qu'un poète, qu'elle était la
poésie elle-même. Rien chez elle n'est traduit, exprimé, médité; tout est à l'état de sentiment pur,
d'émotion première. Le cri d'où devait sortir
l'élégie est l'élégie elle-même, le germe d'où devait
naître l'idylle forme l'idylle elle-même. Les poètes
savent l'art de faire une musique de leurs sanglots,
d'en régler les accords, d'en marquer les rhythmes.
Mme Desbordes-Valmore, malheureusement pour
sa gloire et heureusement pour son cœur, n'a
aucun de ces charlatanismes nécessaires, indispen-
sables, de l'art. Ses larmes sont de vraies larmes,

ses sanglots sont de vrais sanglots. Elle ne chante pas, parce qu'elle a connu autrefois la souffrance ou l'amour ; elle chante parce qu'elle souffre et qu'elle aime dans le moment même, *actuellement*. Elle semble ignorer cette loi de l'art, qu'il faut qu'un intervalle sépare chez le poète le sentiment ressenti du sentiment exprimé. Cet intervalle n'existe pas chez elle : ses élégies ne racontent pas des souvenirs, elles sont contemporaines des sentiments qu'elles expriment. On a là les larmes jaillissant sous le coup de l'émotion immédiate, le premier cri arraché par la blessure qu'inflige un être trop aimé, les paroles incohérentes arrachées par la trop cruelle vérité, l'appel désespéré et la supplication en face de l'offenseur. Comprenez-vous maintenant pourquoi nous disions que les poésies de Mme Desbordes-Valmore étaient ce qu'il y avait de plus rapproché de l'*être* de la poésie ? Là est son originalité, mais là aussi est son infériorité. Le poète est trop près de ses émotions pour avoir la liberté d'âme et la tranquillité relative de cœur qui sont nécessaires pour les exprimer et les faire partager à la foule ; il sent trop vivement pour communiquer ce qu'il sent au lecteur. Avez-vous remarqué que la première impression de la douleur, qui est la plus violente, la plus sincère et la plus vraie, est cependant la plus confuse, la plus trouble, la plus embarrassée, la moins puissante sur l'esprit du spectateur ? Le spectacle de la douleur à ce premier moment est moins touchant qu'affreux ; les paroles arrachées par le désespoir et en même temps refoulées par les sanglots sortent des lèvres anarchiquement, d'une manière incohérente, sans choix, sans ordre, tantôt trop pressées, tantôt trop languissantes, en sorte qu'une certaine impatience s'unit chez le spectateur à la pitié qu'il ressent. On pleure trop d'ailleurs, les larmes rougissent les yeux, altèrent la beauté des traits, et le spectateur, bienveillant et charitable comme tous les hommes sont bienveillants et charitables, c'est-à-dire jusqu'à concurrence de leur plaisir, trouve que les larmes enlaidissent, et détourne la tête. Ce n'est que plus tard, lorsque les larmes seront séchées, que la violence de la première douleur sera apaisée et qu'il ne restera plus d'autres traces de l'ancien désespoir qu'une tristesse inexprimable, que ce visage sera intéressant et aimable à regarder. Mme Desbordes-Valmore ignora toujours ces secrets, et crut, à son honneur, que la poésie devait être plus sincère. La poésie joua chez elle le même rôle que les larmes; elle fut une issue que la nature ouvrit pour donner passage aux sanglots qui l'étouffaient. Elle chanta, parce qu'il faut bien crier quand on souffre et pleurer quand les larmes vous étouffent. Sa poésie est donc, dans toute la force de l'expression, un acte de la nature. Il y en a de plus brillantes et de plus ornées, il n'y en a pas de plus sincères et de plus pathétiques.

Mme Desbordes-Valmore avait été comédienne par besoin et par devoir plutôt que par goût et par inclination, et elle nous a appris elle-même dans des vers touchants les mécomptes amers qu'elle avait rencontrés dans cette carrière :

L'infortune m'ouvrit le temple de Thalie ;
L'espoir m'y prodigua ses riantes erreurs,
    Mais je sentis parfois couler mes pleurs
        Sous le bandeau de la folie !...
Charmante muse, objet de mépris et d'amour,
        Le soir, on vous honore au temple,
        Et l'on vous dédaigne au grand jour.
Je n'ai pu supporter ce bizarre mélange
        De triomphe et d'obscurité,
Où l'orgueil insultant nous punit et se venge
        D'un éclair de célébrité.

Cette profession ne pouvait convenir à son âme, et elle n'a laissé aucune empreinte sur son talent. Mme Desbordes-Valmore n'a rien retenu de cet art du comédien que les plus grands poètes ont connu et pratiqué dans une certaine mesure, et n'en a rien porté dans sa poésie. Elle ne sut jamais *utiliser* ses larmes au profit de sa gloire, et personne plus qu'elle n'a ignoré la science des effets et les jeux de scène. Elle est poète et non artiste, ce qui veut dire que chez elle le sentiment dépasse de beaucoup l'expression. Elle nous offre le spectacle d'une âme toute nue, sans aucun ornement, d'une âme véritablement indigente. Ne prenez pas ce mot d'indigence en mauvaise part : il signifie que Mme Valmore est riche seulement d'elle-même, riche de sa tendresse, de son amour, du trésor de ses malheurs, et que tout ce qu'elle possède lui vient de Dieu et de la nature. C'est une âme orpheline, déclassée ; elle n'a pas de gras patrimoine intellectuel, de riches fermes philosophiques, de glorieuse lignée d'ancêtres : c'est un poète réduit à gagner sa poésie à la fatigue de son cœur. Oh! que nous aimons mieux cette indigence que le faux luxe dont elle aurait pu s'entourer et les haillons dorés dont elle aurait pu couvrir sa nudité ! Mais cette indigence trahit sa volonté, l'empêche de se faire connaître et de révéler toute sa valeur. On sent que les instruments manquent à cette âme musicale. Elle s'exprime comme elle peut, et avec les mots que lui présente sa mémoire peu chargée. Tantôt un sentiment d'une violence extrême est traduit, — contraste pénible, — en termes languissants ; tantôt un mouvement que toutes les forces soulevées de la vie se sont réunies pour produire s'exprime en termes incolores et presque abstraits. D'autres fois la passion se vieillit elle-même en s'ornant des vieilles fleurs fanées d'un langage suranné, depuis longtemps hors d'usage, ramassées chez des poètes artificiels et corrompus : vieilles allégories mythologiques, vieux amours, vieux flambeaux d'hyménée tirés des œuvres érotiques de la fin du dernier siècle. Cette femme ingénue et simple a la coquetterie malheureuse et maladroite, et ne sait pas rajeunir les vieux moyens de séduction qui pourraient la faire valoir; mais la beauté qui lui est propre, étant inhérente à sa personne même, ne peut être effacée par quelques parures passées de mode ou par quelques ornements mal choisis. Il y a des femmes qu'il ne faut voir que sous une certaine lumière, à certaines heures du soir; vues ainsi, elles éclipsent toutes les autres femmes qui les entourent, mais pour une minute seulement. De même il y a des poètes qu'il ne faut goûter que dans certaines œuvres, parce que dans ces œuvres ils égalent les plus grands ; si vous les ouvrez indifféremment et au hasard, le charme est rompu, et vous n'avez plus sous les yeux qu'un poète d'un ordre inférieur. Il n'en est pas ainsi de Mme Desbordes-Valmore : de même que le poète qui est en elle éclate en dépit de l'indigence de son langage, il se révèle sous quelque lumière que vous le regardiez, à quelque passage que vous l'ouvriez. Sa poésie et son âme ne faisant qu'un, elle est toujours égale à elle-même. Il est presque impossible de la citer, car toutes ses pièces se valent, à de très-rares exceptions près. Ouvrez le livre où vous voudrez, vous êtes sûr de rencontrer quelque trait de passion touchante, d'entendre quelques accents de tendresse suppliante dignes des plus grands poètes. Il n'y a pas une seule page, même parmi celles qui semblent au premier abord les plus pâles, qui ne soit illuminée tout à coup par quelque éclair inattendu. Connaissez-vous une preuve plus grande de sincérité que cet embarras qu'éprouve le lecteur à préférer et à choisir? Mme Desbordes-Valmore est poète à chaque page, parce qu'elle est sincère à toute heure, parce que la poésie se confond en elle avec la vie, et n'est en quelque sorte qu'une des fonctions de la vie, comme la circulation du sang ou la respiration.

Si la poésie lyrique consiste avant tout dans l'expression intime des sentiments personnels, Mme Desbordes-Valmore est le plus lyrique des poètes contemporains : elle l'est plus que les plus grands, plus que M. de Lamartine, plus que M. Victor Hugo, car chez elle l'élément lyrique est sans alliage. Il y a dans les œuvres de ces grands poètes un élément dramatique qui manque à Mme Valmore; leur âme n'est jamais seule, quoi qu'ils en disent; il y a toujours à leur côté quelque Elvire pour s'attendrir avec eux sur la brièveté de la vie, et consentir, au profit de leur épicuréisme mélancolique, aux applications les plus consolantes du *carpe diem* des anciens. La nature joue aussi son rôle dans leur œuvre, et mêle ses mille voix à la voix de leur cœur. Rien de pareil n'existe chez Mme Desbordes-Valmore; l'âme du poète est seule, absolument seule, sans autre compagnie que celle de ses chagrins, trop absorbée par sa douleur pour entendre les voix consolantes de la nature. Il y a bien un second personnage qu'on peut désigner sous le nom de *lui*, lui qui a fait tout le mal, lui qui est la cause adorée de ces souffrances; mais on ne le voit jamais, et l'on pourrait dire qu'il vient toujours de partir :

> Ma sœur, il est parti ! Ma sœur, il m'abandonne !
> Je sais qu'il m'abandonne, et j'attends, et je meurs!...

Le chant ne commence que lorsque le dialogue a pris fin, que la porte s'est refermée sur l'ingrat ou le coupable, et que le poète s'est senti de nouveau solitaire. Aussi n'entre-t-il dans ces monologues d'une âme abandonnée que les éléments dont se compose *essentiellement* la poésie lyrique, c'est-à-dire des plaintes et des cris. On a ici la poésie lyrique pure, réduite à ses éléments primordiaux, tels que l'analyse pourrait les donner, s'il était possible de décomposer par des procédés chimiques les œuvres poétiques, comme on décompose les corps matériels.

Ces poésies ne donnent donc qu'une seule note, mais une note si déchirante et si pathétique, qu'aucun poète ne pourrait la dépasser en énergie et en vérité. Quelques-unes de ces élégies sont uniques dans leur genre, et ne redoutent, pour la force du sentiment, aucune comparaison, au moins dans notre langue. Pour leur trouver des rivales, il faudrait les aller chercher dans certains recueils poétiques anglais, par exemple chez mistress Felicia Hemans. Cette note est celle de la passion malheureuse. La passion chez Mme Valmore est lyrique comme sa poésie : j'entends par là qu'elle est essentiellement *passive* et *subjective ;* elle est toute douleur, tout regret, tout désespoir. D'autres victimes de l'amour ont été des héroïnes, elle est une martyre. Elle ne lutte pas, ne résiste pas, ne maudit pas ; elle se résigne, soupire et s'affaisse. Tous les éléments dramatiques de la passion *active*, la haine, l'invective, le reproche, la jalousie, lui manquent ; elle n'a pas d'armes agressives et ne combat que par des plaintes. En vérité, on pourrait appeler sans trop de hardiesse ses poésies les *psaumes de l'amour.* Ses chants sont des prières désespérées qui implorent non l'appui, mais la pitié et le pardon du vieux tyran de l'âme humaine ; c'est le *miserere* lamentable d'un cœur las de souffrir et qui demande grâce. Oh ! comme avec elle nous sommes loin des nocturnes ardeurs et des incantations dangereuses des autres victimes de la passion ! Elle ne dit pas, comme ses sœurs de tous les temps : « Pour-

**

quoi, amour, m'abandonnes-tu et me reprends-tu
ce que tu m'as donné ? » mais elle dit : « Pourquoi
ne m'as-tu pas épargnée? » Elle imite en l'honneur
du dieu païen, sans trop s'en douter, les accents
des vieux cantiques religieux où est exprimé le
deuil de l'âme. « Du plus profond de l'abîme, j'ai
crié vers toi, amour.... Aie pitié de moi, toi qui
tiens nos cœurs dans tes mains. Vois, les larmes
ont creusé mon visage, et la fièvre a consumé ma
chair.... Toute la nuit je me suis retournée sur ma
couche, et j'ai entendu dans le silence gémir la
voix de mon cœur.» C'est ainsi qu'on pourrait résu-
mer, sans parodie irréligieuse aucune, la plupart de
ces élégies, dont quelques-unes ont été si bien nom-
mées de ces tristes noms : *Pleurs et pauvres fleurs*.
Mais ce qui achève de leur mériter ce nom de
psaumes de l'amour que nous leur donnons, ce sont
les sentiments singuliers d'humilité et de pénitence
dont ils sont remplis. Le poète s'accuse à ciel ouvert et se reconnaît coupable envers l'amour. Il
demande pardon du péché de tendresse, pardon du
péché de bonté, pardon d'avoir osé aimer. Oui, elle
a été bien ambitieuse et bien présomptueuse, mais
elle confesse son crime, et cependant n'ose croire
qu'il lui sera pardonné. Elle devait savoir que
l'amour a ses préférences, et qu'il étend sur qui lui
plaît la bénédiction de sa *grâce* divine. A quelques-
uns toutes les joies de la tendresse partagée et de
la passion heureuse, à d'autres toutes les coupes
d'amertume et tous les fardeaux de l'infortune. Elle
devait savoir qu'il n'est donné qu'à un petit nombre
de le remercier de ses bienfaits, mais que tous lui

doivent leurs hommages et leurs prières. Aussi
tout ce qu'elle implore de lui, c'est la faveur de
s'agenouiller en suppliante et de le remercier pour
les afflictions dont il l'accable. Elle adresse au vieil
Eros la prière chrétienne : « Soyez béni, amour,
puisque votre main a daigné s'appesantir sur moi!»
Cette mélodie plaintive est tellement navrante
qu'elle finit par donner le frisson et par produire
une impression sinistre. L'imagination du lecteur
en reste accablée. Que ceux qui voudront se rendre
compte de cette impression relisent les élégies de
Mme Valmore! On n'en peut rien détacher ; les
traits de passion qui les traversent comme des
éclairs ne peuvent se séparer des pages orageuses
qu'ils illuminent subitement, et sont tout sembla-
bles à ces lumières décevantes trop aimées du
poète :

Comme ces feux errants dont le reflet égare,
La flamme de ses yeux a passé devant moi.

Cependant, pour réveiller dans la mémoire des
lecteurs qui l'auraient oublié l'accent douloureux
de cette voix, et pour en donner une idée à ceux
qui par hasard ne la connaîtraient pas, je choisirai
quelques fragments qui leur feront comprendre la
gamme entière des sentiments parcourus par l'âme
du poète. Dans les premières élégies, toute la poésie
est dans l'éclair et dans l'orage; l'âme du poète est
blessée, mais elle regarde sa blessure avec joie. Elle
se sent heureuse de souffrir et jouit de son martyre. La vie abonde et surabonde, et les flèches en-

flammées volent de toutes parts. Eloigne-toi, dit-
elle à l'amour :

> Eloigne-toi, reprends ces trompeuses couleurs,
>   Ces lettres qui font mon supplice,
>   Ce portrait qui fut ton complice ;
> Il te ressemble, il rit tout baigné de mes pleurs !
> Cache au moins ma colère au cruel qui t'envoie ;
> Dis que j'ai tout brisé, sans larmes, sans efforts ;
>   En lui peignant mes douloureux transports,
>   Tu lui donnerais trop de joie.
> Reprends aussi, reprends les écrits dangereux
> Où, cachant sous des fleurs son premier artifice,
> Il voulut essayer sa cruauté novice
>   Sur un cœur simple et malheureux....
> Il n'ose me répondre, il s'envole.... Il est loin.
> Puisse-t-il d'un ingrat éterniser l'absence !
> Il faudrait par fierté sourire en sa présence :
>   J'aime mieux mourir sans témoin.
> Il ne reviendra plus, il sait que je l'abhorre :
> Je l'ai dit à l'Amour, qui déjà s'est enfui.
> S'il osait revenir, je le dirais encore ;
> Mais on approche, on parle.... Hélas ! ce n'est pas lui !

Ce délire continue longtemps ; mais à la fin le
cœur s'est épuisé dans les tourments de l'incerti-
tude, dans les alternatives de l'espérance et du
regret. Le poète le sent qui défaille et lui fait
exhaler son dernier souffle passionné dans une
élégie que ne désavouerait pas un grand poète.
Ecoutez ces paroles suprêmes, ces *novissima verba*
d'un cœur frappé à mort :

> S'ils viennent demander pourquoi ta fantaisie
> De cette couleur sombre attriste un temps d'amour,
> Dis que c'est par amour que ton cœur l'a choisie ;
> Dis que l'amour est triste ou le devient un jour,

Que c'est un vœu d'enfance, une amitié première :
Oh ! dis-le sans froideur, car je t'écouterai !
Invente un doux symbole où je me cacherai.
Cette ruse entre nous encor. . . . c'est la dernière :
Dis qu'un jour dont l'aurore avait eu bien des pleurs,
Tu trouvas sans défense une abeille endormie,
Qu'elle se laissa prendre et devint ton amie,
Qu'elle oublia sa route à te chercher des fleurs.
Dis qu'elle oublia tout, sur tes pas égarée,
Contente de brûler dans l'air choisi par toi.
Sous cette ressemblance avec pudeur livrée,
Dis-leur, si tu le peux, ton empire sur moi.
Dis que, l'ayant blessée, innocemment peut-être,
Pour te suivre elle fit des efforts superflus,
Et qu'un soir accourant, sûr de la voir paraître,
Au milieu des parfums tu ne la trouvas plus ;
Que ta voix, tendre alors, ne fut pas entendue,
Que tu sentis sa trame arrachée à tes jours,
Que tu pleuras sans honte une abeille perdue,
Car ce qui nous aima, nous le pleurons toujours ;
Qu'avant de renouer ta vie à d'autres chaînes,
Tu détachas du sol où j'avais dû mourir,
Ces fleurs, et qu'à travers les plus brillantes scènes,
De ton abeille encor le deuil vient t'attendrir.

Enfin l'orage a cessé tout à fait, et il ne reste plus qu'une âme foudroyée et un cœur noyé sous le déluge de ses larmes. Le recueil intitulé *Pleurs et pauvres Fleurs* est plus particulièrement que tous les autres l'expression de ce sentiment de lassitude qu'on pourrait appeler la mort dans la vie. Le poète est arrivé au dernier détachement de lui-même et de la terre. Nous en extrairons un court fragment où se révèle toute l'horreur mélancolique de ce foyer ardent, autrefois ouvert à tous les vents de la vie, aujourd'hui peuplé de cendres presque

refroidies. C'est la dernière plainte, le cœur a
reçu pour ainsi dire le *coup de grâce :*

> Si solitaire, hélas! et puis si peu bruyante,
> Tenant si peu d'espace, on me l'envie encor :
> Cette pensée est triste, elle entraîne à la mort,
> Et pour s'en reposer la tombe est attrayante!
> C'est la première fois qu'elle a navré mon sein ;
> A tous les flots amers de ma vie écoulée
> Cette goutte de fiel ne s'était pas mêlée ;
> Personne n'avait dit : « S'en ira-t-elle enfin ? »
> Oh ! personne ! A présent je suis de trop au monde,
> Et j'ai hâte, et j'ai peur d'amasser mes instants ;
> Je trompe une espérance !... en vain je la seconde :
> Importune et mourante, on peut vivre longtemps !
> Oui, je me presse en vain d'avancer et de vivre.
> Quelque anneau tient encor mon cœur ! Il se rompra.
> Tout ce que j'aime est frêle et meurt, et pour vous suivre,
> Mes chers anneaux brisés, mon cœur se brisera!

Voilà quelles sont les principales étapes de ce
calvaire de douleurs; mais avant de recevoir ce
coup de grâce, avant de proférer ce suprême *Lamma
sabachtani,* que de blessures le cœur a reçues, que
de fois le poète est tombé sous la croix! Nous ne
marquons ici que les temps d'arrêt importants de
cette *passion,* en renvoyant ceux qui seraient
curieux de suivre le poète pas à pas dans sa voie
douloureuse à ses poésies elles-mêmes.

Mme Desbordes-Valmore appartenait à une race
d'âmes très-rare, la race des âmes tristes et blessées avant de naître. Quelle est l'origine de ces
âmes que le monde voit apparaître de temps à
autre, et qui semblent ne venir à lui qu'à regret?
C'est un sujet sur lequel aurait pu se plaire à mé-

diter quelque platonicien croyant à la théorie de la
réminiscence, ou quelque pythagoricien partisan de
la métempsycose? Les conjectures poétiques abon-
dent, et il n'y a qu'à choisir. L'astrologie judiciaire
par exemple est-elle par hasard autre chose qu'un
vain mot, et y a-t-il réellement des conjonctions
d'étoiles propices ou sinistres? Si cela est vrai, un
nuage devait passer sur l'étoile de Vénus le jour
où naquit Mme Desbordes-Valmore. Peut-être
l'heure de la naissance n'est-elle pas chose indif-
férente, et pour notre part, dût-on nous accuser de
superstition, nous avons toujours cru qu'il était
fatal de naître à la première heure de l'aurore,
heure souriante en apparence, maudite en réalité.
C'est l'heure où s'éveillent les fées bienfaisantes et
où s'appellent l'un l'autre les génies de la poésie et
de l'amour; mais c'est l'heure aussi où le chant du
coq rappelle les fantômes dans leur sépulcre, et où
le vent du matin chasse les odeurs méphitiques
des nocturnes sabbats. La pâle Hécate, l'astre des
sorcières, brille encore à l'horizon; forcée de fuir
devant les esprits qui rouvrent les portes du jour,
elle s'éloigne courroucée, et malheur alors aux enfants qui entrent dans la vie et sur qui tombe son
regard! Mme Desbordes-Valmore était-elle née à
ces heures du matin, et un regard d'Hécate était-il
tombé sur son berceau, que les fées comblaient de
leurs dons? Ou bien, supposition plus triste encore, y aurait-il par hasard dans le ciel des anges
jettatori? Eux qui savent toute chose et qui con-
naissent les misères de l'existence humaine doivent
plus d'une fois regarder avec tristesse les âmes

condamnées à partir pour la terre. Qui sait si les âmes venues au monde mélancoliques et blessées, comme celle de Mme Desbordes-Valmore, ne sont pas bien souvent celles sur lesquelles s'est arrêté le regard attristé d'un ange touché de compassion ? Heureuses alors celles qui ont été vues sans voir ! elles pourront connaître la joie et le bonheur ; mais malheureuses celles qui ont rencontré ce regard au moment où il tombait sur elles ! elles l'emporteront avec elles comme un dard lumineux, et ne seront jamais guéries de leur tristesse. En un instant et avant d'avoir vécu, ces âmes ont appris, par la seule puissance d'un regard angélique, toute la science de la vie humaine ; elles ont vu comme dans un éclair leur existence future, et elles viennent au monde avec la certitude qu'elles épuiseront toutes les douleurs. Une telle certitude détruit d'avance en germe toutes les chances de joie et de bonheur. Il n'est pas un événement de la vie qu'on n'accueille comme un pressentiment sinistre. Dès qu'elles sentent les premières atteintes de l'amour, loin de se réjouir comme les autres âmes, celles-ci s'écrient : Je sais qu'un grand malheur me menace. Dès qu'elles sentent les premières morsures de l'ambition, leur ardeur, loin de doubler, se glace, et elles s'écrient : Je sais qu'un piége m'attend. Mauvaises dispositions, on en conviendra, pour donner ou pour recevoir le bonheur. Aussi ne le connaissent-elles jamais et ne le font-elles jamais connaître à ceux qui le leur demandent. Rien n'égale l'extrême timidité de ces âmes en qui la passion s'unit à la faiblesse. Comme elles disent : Cela est impossible, devant toute chose, elles rendent toute chose impossible. Comme elles n'ont pas confiance, elles engendrent vite chez autrui la défiance et la lassitude. Au lieu de se laisser aller naïvement aux joies qu'on leur propose, elles élèvent des doutes et interrogent avec inquiétude pour savoir si elles ne sont pas trompées. Est-ce bien sûr ? disent-elles ; pourquoi vous faire un jeu de mes souffrances, et me faire le soir des promesses que vous aurez oubliées demain? Cette timidité et ces appréhensions engendrent une exigence intolérable qui décourage l'amour ; mais ces âmes ne détruisent ainsi en germe toutes leurs chances de bonheur que par la certitude et la foi pour ainsi dire religieuse qu'elles ont au malheur. Le malheur fut leur première religion, la divinité qu'on ne discute pas, celle que l'on nomme et qu'on implore ; le bonheur n'est pour elles qu'une utopie religieuse, le dieu inconnu qu'on n'a pas servi et qu'on ne connaît pas. Aussi restent-elles scrupuleusement fidèles à cette religion première ; tout ce qui réjouit les autres âmes les blesse et les fait souffrir, et elles ne trouvent que des sources nouvelles de tourment là où les autres trouvent la consolation et l'oubli de leurs peines.

Telle fut Mme Desbordes-Valmore; on la voit, sans qu'elle en ait conscience, s'acharner après son bonheur : par ses plaintes et ses appréhensions, elle provoque l'infidélité et l'ingratitude. Elle désire ardemment d'être aimée, et au moment même où elle le désire, elle ne peut croire qu'elle le soit. Comme toutes les personnes malheureuses, elle dit de l'amour ce que les personnes corrompues et vicieuses disent de la vertu : C'est trop beau pour être vrai. Et quand elle a provoqué l'infidélité ou l'abandon, elle succombe sous le poids de la déception qu'elle s'est préparée elle-même. Alors arrivent les consolations que lui présente l'amitié, et au lieu de les prendre comme elles doivent être prises, comme une distraction et une preuve que, pour avoir perdu un cœur, on n'a pas tout perdu, elle trouve moyen de s'en faire une nouvelle passion et un nouveau chagrin. Et lorsqu'enfin elle cherche un refuge dans ce suprême asile du cœur féminin, l'amour maternel, son bonheur encore n'est pas sans mélange. Elle en ressent plus vivement les souffrances que les joies. Il faut se séparer un jour de ce cher fils, dont la candeur a été surveillée avec tant de sollicitude. L'aimera-t-il encore au retour comme il l'aimait autrefois?

Candeur de mon enfant, on va bien vous détruire !

Alors elle tombe à genoux et lève les yeux vers l'image de la mère dont le cœur fut percé des sept glaives. Heureuse encore quand la séparation n'est que temporaire! Mais il arrive que les enfants ne sont quelquefois prêtés aux mères que pour un instant, et qu'ils partent en les laissant inconsolables. Alors la voix de la mère fait entendre une plainte si prolongée et si douce, qu'on est tenté de trouver ces petites créatures bien ingrates, puisqu'elles ne répondent pas à cet appel, ou la Providence bien cruelle, puisqu'elle ne leur permet pas de revenir au nid qu'elles ont quitté.

Je ne dis rien de toi, toi, la plus enfermée... *(P. 118.)*

Ce n'est pas assez de tortures encore, il faut que le deuil soit plus complet. La dernière et suprême infortune, c'est de ne pouvoir oublier. Le malheur a une longévité qui lui est propre ; il se dédouble en quelque sorte et se perpétue par le souvenir, vivace comme au premier jour. Nul n'a plus connu cette perpétuité du malheur que Mme Desbordes-Valmore. Il y a chez elle un détail poétique remarquable qui achèvera de peindre la tristesse de sa physionomie. Elle a tellement l'habitude de la douleur qu'elle se demande si elle pourrait jamais la désapprendre. « Si j'avais besoin de sourire, comment ferais-je ? » se demande-t-elle. Elle craint que sa tristesse ne la poursuive même au delà de la tombe. Elle sent une secrète honte à l'idée de paraître devant Dieu avec la physionomie que lui a faite la vie. Ne pouvoir s'écrier triomphalement avec l'apôtre : « O mort, où est ton aiguillon ? ô sépulcre, où est ta victoire ? » redouter d'être poursuivie par le malheur jusqu'au sein de la vie bienheureuse, et sous l'aile de Dieu, c'est là vraiment la dernière limite où puisse atteindre le découragement d'une âme chrétienne.

Si je pouvais trouver un éternel sourire.... *(P. 137.)*

Ce sentiment amer revient par intervalles dans

ses *poésies inédites*, qui nous la montrent pourtant apaisée et sereine, autant qu'une pareille âme pouvait le devenir. « Je voudrais oublier afin de pouvoir sourire, » dit-elle, et cependant ce volume d'outre-tombe montre qu'elle n'aurait pas voulu être prise au mot. Par une de ces contradictions qui sont naturelles au cœur humain, elle chérit ces souvenirs qu'elle demandait tout à l'heure à oublier, elle les berce amoureusement et les nourrit de tendresse. Avec le temps, ils ont perdu leur aiguillon, et lui sont devenus familiers ; ils forment toute la vie de son cœur. Elle se plaignait d'avoir désappris le sourire, et voilà que, pour les accueillir, son visage retrouve un rayon pâle et doux :

Entrez, mes souvenirs, quand vous seriez en larmes... *(P. 69.)*

Ses souvenirs sont mieux pour elle que des amis et des compagnons, ils sont ses bons anges et sa protection contre le malheur, toujours menaçant. Ce sont eux qui gardent la porte de son cœur contre les peines nouvelles qui voudraient l'envahir. C'est par eux seulement qu'elle est protégée contre elle-même, car elle n'est pas si bien pacifiée qu'elle n'entende encore à l'horizon gronder avec inquiétude les orages d'autrefois. Le malheur est dans l'air et la guette ; mais, avertie par le passé, elle se tient en garde, et lui dit : « Je ne dois plus te voir, mais je sais ton nom. Tu es celui à qui je n'ai pu plaire. »

Amour, divin rôdeur glissant entre les âmes... *(P. 63.)*

XLV

— Eloignez-vous, dit-elle aux désirs errants qui l'assiégent encore; éloignez-vous, vous n'avez plus rien à m'apprendre, mon cœur est plein, il n'a plus de place pour vous.

> Tous mes étonnements sont finis sur la terre,
> Tous mes adieux sont faits ; l'âme est prête à jaillir....

Comme elle ne demande *plus rien*, au moins pour elle, sa puissance d'amour s'est transformée en tendresse pour autrui et en sympathie clémente pour toutes les souffrances méritées et imméritées. Le souvenir d'une jeune comédienne morte à Fontenay-aux-Roses lui inspire une très-belle pièce pleine de ce sentiment qui poussa le bon Samaritain à verser l'huile sur les blessures de l'homme que les prêtres et les scribes avaient laissé mourant sur le bord du chemin. Elle est prête à répandre sur tous ceux qui l'entourent les conseils de son amère expérience et le trésor de ses consolations, car il ne lui est resté de ses douleurs aucune amertume, aucun dépit contre la vie et la destinée. Loin d'insinuer dans ceux qui l'approchent le poison du désenchantement, elle les relève par des paroles d'espérance, et leur montre dans la souffrance le prix d'un bonheur futur. Elle rassure ceux qu'elle voit accablés et soupirants sous l'orage.

> Laissez pleuvoir, ô cœurs solitaires et d o ux !
> Sous l'orage qui passe, il renaît tant de choses !
> Le soleil sans la pluie ouvrirait-il les roses ?

Elle a des avis pleins de délicatesse féminine pour

les âmes mystérieuses qu'elle voit languir d'un
secret qu'elles ne disent pas, aussi bien que pour
les âmes trop ardentes qui ne savent pas cacher
leur bonheur ou dissimuler leur désespoir.

Si ta vie obscure et charmée... *(P. 57.)*

Ces dernières poésies prédisent les approches de la
mort ; elles ressemblent à des adieux chuchotés
d'une voix tendre. Le poète se réconcilie avec tous
ceux qui furent la cause innocente ou coupable de
ses peines. Elle leur pardonne afin d'être elle-même
pardonnée, et, comme elle le dit, afin de *désarmer
Dieu* :

Allez en paix, mon cher tourment... *(P. 7.)*

A ces heures suprêmes du soir, lorsque les ombres
descendent et voilent à ses yeux ces lumières trop
aimées vers lesquelles elle était allée brûler ses
ailes, comme le papillon à la flamme, ce n'est plus
le vieil amour qu'elle implore ; elle sent enfin
qu'elle a oublié peut-être d'autres divinités qui
l'auraient protégée contre le dieu jaloux.

Fierté, pardonne-moi !... *(P. 38.)*

Elle se rappelle les chants de la nourrice et de
la fileuse qu'elle entendit lorsqu'elle était enfant,
et, se souvenant qu'ils furent pour elle une semence
de vertu et de piété, elle les transmet comme un
legs précieux aux enfants des générations nou-

velles, et les transforme en prières. Ici nous rencontrons la note dominante de ce dernier volume, qui est une note mystique. Le poète, même en parlant des choses d'ici-bas et des passions humaines, tient l'œil constamment fixé sur le ciel et cherche des consolations là où en cherchent ceux qui n'attendent plus rien de la terre. Mme Valmore est religieuse et chrétienne, et le fut toujours. Même au milieu de ses plus grands troubles, elle ne cessa de tourner ses regards vers la patrie céleste comme vers le seul port de refuge. Elle avait bu dès son enfance à ces sources d'eau vive que le Christ promit à la Samaritaine : aussi son âme ne fut-elle jamais altérée, même au milieu de ses plus grandes ardeurs, et ne connut-elle jamais cette sécheresse à laquelle arrivent si facilement les âmes qui n'ont pas été abreuvées de religion dans leur enfance, lorsque les rosées que la nature a répandues sur l'adolescence et la jeunesse ont été taries par les premiers feux de la vie. Elle tenait des deux religions qui se divisent notre Occident; elle avait peut-être quelques gouttes de sang huguenot dans les veines, et, quoique renié, cet héritage n'avait pas été perdu, comme le prouvent la vaillance de son cœur et ce triste courage à se nourrir de soi-même qui lui est commun avec les âmes réformées. Toutefois ses parents étaient catholiques fervents, et l'on sait qu'en pleine révolution française et frappés dans leurs moyens d'existence, ils avaient mieux aimé refuser l'opulence que leur offraient leurs proches, établis en Hollande, que d'abjurer leur religion. Je ne sais si Mme Desbordes-Valmore

fut catholique très-orthodoxe, et si elle connut cette
obéissance stricte aux puissances de l'église visible
que recommande le catholicisme; mais elle en eut
toutes les vertus qui s'accordent si bien avec un
cœur féminin et une vie obscure, la soumission vo-
lontaire, l'humilité, la piété et la tendresse. Elle
resta fidèle à la Vierge et ne cessa de l'implorer
dans tous ses jours d'affliction, ce qui veut dire à
peu près pendant toute sa vie, tant furent rares ses
jours d'oubli et de bonheur. Son christianisme est
tout intime et tout instinctif : Mme Valmore est de
la religion des humbles, des faibles et des petits,
de la religion du publicain, du bon Samaritain et
de ce coupable repentant qui, avant d'expirer sur
la croix, dit au Christ : Intercédez pour moi lorsque
vous serez auprès de votre père. Elle prie à la manière de ces âmes blessées et méconnues et attend
de Dieu les mêmes consolations. Elle ne dit pas
comme les pharisiens gonflés du poison de leur
confiance insolente : Je vous ai servi fidèlement, et
je viens la tête haute chercher mon salaire. Elle dit :
Je suis votre enfant, ne détournez pas la tête. Nous
détacherons encore du volume la pièce intitulée *la
Couronne effeuillée*; elle fera comprendre la douceur particulière de cette note religieuse :

J'irai, j'irai porter ma couronne effeuillée... *(P. 163.)*

Arrêtons-nous sur cette jolie pièce où l'on respire les parfums d'une rose foulée qui remontent
vers le ciel. Par le sentiment consolateur qu'elle
exprime, cette pièce forme l'épilogue naturel de la

poésie éplorée de Mme Desbordes-Valmore, comme l'espérance religieuse était la consolation naturelle de sa triste existence. Si nous avons insisté si longuement sur un poète qui tint, selon ses propres paroles, si peu de place dans cette vie, et qui passa parmi nous comme une ombre plaintive, ce n'est pas dans l'espoir de lui conquérir des admirateurs posthumes, ni d'intéresser à ses chants, que ses contemporains écoutèrent avec distraction, des générations qui ne l'ont pas connue, et dont l'oreille est attentive à des chansons d'un genre bien différent. Elle n'est point de ceux dont la mort commence la gloire et dont le tombeau se décore de couronnes. Il lui manque les deux choses essentielles qui enlèvent la sympathie : la magie de l'expression et la variété. Prononçons crûment les mots vrais : sa poésie est incolore et elle est monotone; ses images se dérobent et se fondent sous les yeux du lecteur, ses vers ne se gravent pas dans la mémoire, et ses émotions les plus poignantes glissent sur le cœur sans le toucher. Ce n'est point par la sensibilité, mais par l'intelligence, que le lecteur parvient à saisir l'émotion contenue dans ces poésies, sorties pourtant directement du cœur, et l'on reste tristement surpris que des sentiments d'une telle force soient revêtus d'un langage aussi pâle et aussi languissant. Et puis il y a chez elle trop de larmes et de douleurs pour que le lecteur puisse s'y plaire longtemps. La sympathie morale même la plus voisine de la charité est beaucoup régie par les mêmes lois qui régissent l'épicurisme ; elle demande à ne pas souffrir des peines d'autrui, et

n'en supporte que ce qu'il en faut pour pouvoir sa-
vourer le plaisir de la souffrance. Les hommes n'aiment pas les inconsolables, parce qu'ils leur enlèvent la volupté de consoler ; ils n'aiment pas à
compatir aux douleurs qu'ils ne voudraient pas
avoir supportées : ils veulent, quand ils s'atten-
drissent, pouvoir faire un retour sur eux-mêmes, et
se rappeler avec complaisance qu'eux aussi ont été
tristes un certain jour. Cependant il est bon que
justice soit rendue même à ceux qu'on ne lit pas,
et que chacun occupe la place qu'il mérite d'occu-
per. Nul écrivain, nul poète n'est inutile et en-
nuyeux pour le critique, lorsqu'il lui fait faire une
expérience et lui révèle un fait intéressant et original. Or c'est le service que nous a rendu Mme
Desbordes-Valmore. Nous avons trouvé un poète
qui présentait le spectacle de la matière poétique à
son état rudimentaire, et nous permettait de montrer au lecteur les éléments premiers dont se com-
posent les chefs-d'œuvre qui l'ont tant de fois
touché. Par son absence d'artifice et de ruse, par la
nudité de son langage, par ses qualités et ses défauts, Mme Desbordes-Valmore nous aide à reconnaître et à nommer ces éléments que recouvrent et
dissimulent les combinaisons savantes dont se sont
servis les grands poètes. Nous découvrons par elle
les secrets qu'ils ne nous disaient pas et la cause
cachée des émotions que nous avons éprouvées.
Par elle, nous constatons aussi ce qu'est la poésie
à son origine, avant le travail de l'art. C'est quelque chose que de donner un tel enseignement, et
c'est pourquoi celle qui l'a donné, quelque impar-

faites que soient ses œuvres, mérite de laisser mieux qu'un nom. Nous n'oserions pas la recommander au lecteur qui cherche avant tout son plaisir, mais nous la recommandons sans crainte à tous ceux pour qui la poésie est chose sacrée, et qui aiment à s'instruire dans ses mystères.

EMILE MONTÉGUT.

(Revue des Deux Mondes du 15 décembre 1860.)

Un livre sensible et charmant vient de paraître sous ce titre: *Poésies inédites de Madame Desbordes-Valmore*, publiées par M. Gustave Revilliod. Il renferme une foule de morceaux divers, sur les sujets variés qui viennent l'un après l'autre ébranler un cœur ou une imagination de femme. A côté de la grâce heureuse, de la vraie poésie, du cri spontané des émotions et de la naïve tristesse qui n'ont jamais manqué aux vers de Mme Valmore, on trouve dans ce nouveau recueil une pensée encore plus ferme et un art encore plus exquis. Personne ne sait idéaliser comme elle les impressions enfantines et les rayons changeants du matin de la vie. Est-il rien de plus charmant?

Petits enfants heureux, que vous savez de choses !... *(P. 175.)*

Et *la grande petite fille* qui s'écrie :

Maman ! comme on grandit vite ! *(P. 197.)*

Nous voudrions sans fin citer, citer encore; mais le choix est trop difficile et, presque au hasard, nous copions encore une pièce tout entière.

L'OISEAU.

Bonjour la jeune fille !.... *(P. 211.)*

Où y a-t-il plus de grâce, de lumière, de transparence et de matinale gaîté? Le ton souriant et éthéré n'est si marqué que parce qu'il est rare dans la poésie de Mme Valmore. Sa propre âme réfléchissait ainsi avec le bonheur d'un miroir, et par sympathie, l'âme joyeuse de la jeunesse et de l'enfance, mais quand l'inspiration venait d'elle seule et puisait en elle seule, elle était plutôt triste, craintive, rêveuse. Ce ne sont plus des coups de soleil adoucis par les verts ombrages, mais bien des horizons voilés, mélancoliques, avec une ombre fuyant dans le lointain; des paysages dans le genre du fameux tableau des *Illusions perdues*. Seulement les figures embarquées sur le fleuve qui s'en va glissent une à une et non pas toutes ensemble. A cette lueur un peu flottante on comprend qu'un ange dise, en retournant aux cieux :

J'arrive de la terre où la nuit est bien noire... *(P. 299.)*

Quel accent ému, sincère, pénétrant! On y sent une âme douloureuse et un esprit compatissant, se heurtant et s'attendrissant à la fois au contact des misères de la vie et du fantôme de la mort. Nature d'élite et trop souvent blessée par les pierres du chemin, elle se réfugiait dans la poésie comme dans un voile idéal qui la sauvait des réalités cruelles. Elle a lutté toute sa vie comme un rocher, pour abriter sa vallée de famille contre la tempête incessante; elle a résisté jusqu'au bout, comme un chêne fort, elle qui n'était qu'une sensitive. Son cœur la menait partout en garde, dans les endroits les plus menacés, et sa tâche de dévouement n'a cessé qu'avec sa vie.

Parmi les monuments et les élégies de cette vie il en est qui font rêver, soupirer, s'attrister, s'étonner peut-être.... On en regretterait sans doute l'absence; du moins les esprits sérieusement sympathiques, mais le public banal et distrait n'aime pas qu'on lui en dise trop. Elle le savait pourtant:

> Vois-tu, les profondes paroles
> Qui sortent d'un vrai désespoir
> N'entrent pas aux âmes frivoles
> Si cruelles sans le savoir.
> Ne dis qu'à Dieu ce qu'il faut dire,
> Crois-moi :
> Et couvrant ta mort d'un sourire,
> Tais-toi !

C'est bien ainsi, en effet, qu'elle est morte; et le sourire fut donné à l'espérance de cette publication, par M. Revilliod, qui a été sa dernière joie littéraire. M. Revilliod le sait déjà peut-être, et c'est assurément la plus grande récompense pour son travail d'éditeur.

Mme Valmore était tendrement aimée et honorée de tous ceux qui l'approchaient, à quelque titre que ce fût. On oubliait son talent, sa réputation, sa place hors ligne, pour jouir de sa bonté inépuisable, de son esprit charmant, de sa grâce et de ses saillies.

Involontairement, en parlant de l'auteur, à propos de Mme Valmore, on est ramené à la personne, et c'est à la fois un indice et un éloge. Dans la littérature, en effet, il y a deux classes d'écrivains ; les uns vivent surtout, les autres écrivent seulement. Ceux qui vivent surtout, ont quelquefois la forme plus abrupte, plus incorrecte, le vol moins soutenu, des éclairs sortant de la nuée : ils font le bonheur de la critique terre à terre et des grammairiens qui pensent que la poésie gâte la langue. On peut leur reprocher cent choses à la fois. Ils ont l'inconvenance d'ébranler les nerfs, d'émouvoir le cœur, de tirer des larmes. Cela dérange les habitudes des écrivains qui font du style et de la poésie avec leur esprit seulement. Ces deux races intellectuelles étant distinguées, nous dirons que Mme Valmore était de la grande, de l'aînée, de la puissante et de la vraie. Voilà pourquoi sa personnalité, pour qui l'a connue, avait une valeur encore plus haute que ses œuvres. Nous en pourrions dire autant, à d'autres degrés, de M. Emile Souvestre, de Mickiéwitz, de M. Vinet et d'autres. Le contraire a lieu lorsque l'écrivain domine l'homme et les exemples seraient faciles à trouver.

CAROLINE OLIVIER.

(Revue suisse, août 1860.)

AMOUR
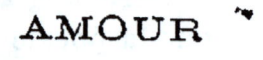

UNE LETTRE DE FEMME

Les femmes, je le sais, ne doivent pas écrire,
J'écris pourtant,
Afin que dans mon cœur au loin tu puisses lire
Comme en partant.

Je ne tracerai rien qui ne soit dans toi-même
Beaucoup plus beau :
Mais le mot cent fois dit, venant de ce qu'on aime,
Semble nouveau.

Qu'il te porte au bonheur ! Moi, je reste à l'attendre,
Bien que, là-bas,
Je sens que je m'en vais, pour voir et pour entendre
Errer tes pas.

Ne te détourne point s'il passe une hirondelle
          Par le chemin,
Car je crois que c'est moi qui passerai, fidèle,
          Toucher ta main.

Tu t'en vas, tout s'en va ! Tout se met en voyage,
          Lumière et fleurs ;
Le bel été te suit, me laissant à l'orage,
          Lourde de pleurs.

Mais si l'on ne vit plus que d'espoir et d'alarmes
          Cessant de voir,
Partageons pour le mieux : moi, je retiens les larmes,
          Garde l'espoir.

Non, je ne voudrais pas, tant je te suis unie,
          Te voir souffrir :
Souhaiter la douleur à sa moitié bénie,
          C'est se haïr.

JOUR D'ORIENT

Ce fut un jour pareil à ce beau jour
Que, pour tout perdre, incendiait l'amour.

C'était un jour de charité divine
Où, dans l'air bleu, l'éternité chemine;
Où, dérobée à son poids étouffant,
La terre joue et redevient enfant;
C'était partout comme un baiser de mère,
Long rêve errant dans une heure éphémère;
Heure d'oiseaux, de parfums, de soleil,
D'oubli de tout. . . . hors du bien sans pareil.

Nous étions deux !.. C'est trop d'un quand on aime
Pour se garder.... Hélas, nous étions deux.
Pas un témoin qui sauve de soi-même !
Jamais au monde on n'eut plus besoin d'eux
Que nous l'avions ! Lui, trop près de mon âme,
Avec son âme éblouissait mes yeux ;
J'étais aveugle à cette double flamme,
Et j'y vis trop, quand je revis les cieux.
Pour me sauver, j'étais trop peu savante ;
Pour l'oublier.... je suis encor vivante !

C'était un jour pareil à ce beau jour
Que, pour tout perdre, incendiait l'amour !

ALLEZ EN PAIX

Allez en paix, mon cher tourment,
Vous m'avez assez alarmée,
Assez émue, assez charmée. . . .
Allez au loin, mon cher tourment,
Hélas! mon invisible aimant!

Votre nom seul suffira bien
Pour me retenir asservie;
Il est alentour de ma vie
Roulé comme un ardent lien;
Ce nom vous remplacera bien.

Ah! je crois que, sans le savoir,
J'ai fait un malheur sur la terre;
Et vous, mon juge involontaire,
Vous êtes donc venu me voir
Pour me punir, sans le savoir?

D'abord ce fut musique et feu,
Rires d'enfants, danses rêvées,
Puis les larmes sont arrivées
Avec les peurs, les nuits de feu....
Adieu danses, musique et jeu !

Sauvez-vous par le beau chemin
Où plane l'hirondelle heureuse :
C'est la poésie amoureuse ;
Pour ne pas la perdre en chemin,
De mon cœur ôtez votre main.

Dans votre prière, tout bas,
Le soir, laissez entrer mes larmes ;
Contre vous elles n'ont point d'armes.
Dans vos discours n'en parlez pas !
Devant Dieu pensez-y tout bas.

6 juin 1857.

LES CLOCHES ET LES LARMES

Sur la terre où sonne l'heure,
Tout pleure, ah ! mon Dieu, tout pleure.

L'orgue sous le sombre arceau,
Le pauvre offrant sa neuvaine,
Le prisonnier dans sa chaîne
Et l'enfant dans son berceau ;

Sur la terre où sonne l'heure,
Tout pleure, ah ! mon Dieu, tout pleure.

La cloche pleure le jour
Qui va mourir sur l'église,
Et cette pleureuse assise,
Qu'a-t-elle à pleurer ? . . . L'amour.

Sur la terre où sonne l'heure,
Tout pleure, ah! mon Dieu, tout pleure.

Priant les anges cachés
D'assoupir ses nuits funestes,
Voyez, aux sphères célestes,
Ses longs regards attachés.

Sur la terre où sonne l'heure,
Tout pleure, ah ! mon Dieu, tout pleure.

Et le ciel a répondu :
« Terre, ô terre, attendez l'heure !
J'ai dit à tout ce qui pleure,
Que tout lui sera rendu. »

Sonnez, cloches ruisselantes !
Ruisselez , larmes brûlantes !
Cloches qui pleurez le jour !
Beaux yeux qui pleurez l'amour !

UN CRI

HIRONDELLE! hirondelle! hirondelle!
Est-il au monde un cœur fidèle?
Ah! s'il en est un, dis-le-moi,
J'irai le chercher avec toi.

Sous le soleil ou le nuage,
Guidée à ton vol qui fend l'air,
Je te suivrai dans le voyage
Rapide et haut comme l'éclair.
Hirondelle! hirondelle! hirondelle!
Est-il au monde un cœur fidèle?
Ah! s'il en est un, dis-le-moi,
J'irai le chercher avec toi.

Tu sais qu'aux fleurs de ma fenêtre
Ton nid chante depuis trois ans,
Et quand tu viens le reconnaître
Mes droits ne te sont pas pesants!

Hirondelle! hirondelle! hirondelle!
Est-il au monde un cœur fidèle?
Ah! s'il en est un, dis-le-moi,
J'irai le chercher avec toi.

Je ne rappelle rien, j'aspire
Comme un des tiens dans la langueur
Dont la solitude soupire
Et demande un cœur pour un cœur.
Hirondelle! hirondelle! hirondelle!
Est-il au monde un cœur fidèle?
Ah! s'il en est un, dis-le-moi,
J'irai le chercher avec toi.

Allons vers l'idole rêvée,
Au Nord, au Sud, à l'Orient :
Du bonheur de l'avoir trouvée
Je veux mourir en souriant.
Hirondelle! hirondelle! hirondelle!
Est-il au monde un cœur fidèle?
Ah! s'il en est un, dis-le-moi,
J'irai le chercher avec toi!

LA FEUILLE VOLÉE

Va-t-il écrire à sa maîtresse
L'oiseau vainqueur, le moineau franc,
Sur ce larcin que son bec presse,
Sur ce lambeau de vélin blanc ?

Il me l'a pris. J'allais moi-même,
Trempé de pardon et d'espoir,
L'envoyer à l'absent que j'aime,
Et l'appeler.... s'il veut me voir.

Souffle hardi qui viens de naître
Parmi les souffles de l'été,
Je t'avais ouvert ma fenêtre,
Et tu voles ma pauvreté !

Oiseau, le fragment d'une page
Peut contenir tant de bonheur !
Ah ! si tu le sais, sois mon page
Et ne t'en va pas sans mon cœur.

Ce cœur, souvent, révèle à peine
Le trouble enfermé de mon sort ;
Ma voix ardente est sans haleine ;
Mon âme en pleurs est sans essor ;

Et tes ailes me font envie,
Quand ta volonté frappe l'air.
Ton cri rapide est une vie !
Ton vol, un éloquent éclair !

O flèche amoureuse lancée,
Aussi prompte que ton désir,
L'objet de ta fuite empressée,
Dieu ! que tu dois bien le saisir !

Toi chez qui le printemps allume
L'audace et l'élan de l'amour,
Remets ce papier sous ma plume
Puisqu'il va promettre un beau jour.

Mais tu t'enfuis, charmante chose,
En me regardant de travers;
Car tu hais la cellule close,
Toi dont la cage est l'univers!

LES ÉCLAIRS

1850

ORAGES de l'amour, nobles et hauts orages,
Pleins de nids gémissants blessés sous les ombrages,
Pleins de fleurs, pleins d'oiseaux perdus, mais dans les cieux,
Qui vous perd ne voit plus, éclairs délicieux !

SIMPLE ORACLE

Veux-tu connaître l'avenir :
Interroge le souvenir.

Les feuilles éparses des roses
Nous en racontent toutes choses.

Du moindre débris sans couleur
Le parfum nous dit : « J'étais fleur. »

L'enveloppe à l'âme est donnée
Qui commande à sa destinée.

2

Jamais ne croîtra le raisin
Sur l'épi mouvant, son voisin.

Comme s'ils naissaient tous ensemble,
Grain par grain à l'autre ressemble ;

Et tant que le rosier vivra ,
Epine ou rose y renaîtra.

LES ROSES DE SAADI

J'AI voulu, ce matin, te rapporter des roses ;
Mais j'en avais tant pris dans mes ceintures closes
Que les nœuds trop serrés n'ont pu les contenir.

Les nœuds ont éclaté. Les roses envolées
Dans le vent, à la mer s'en sont toutes allées.
Elles ont suivi l'eau pour ne plus revenir.

La vague en a paru rouge et comme enflammée :
Ce soir ma robe encore en est toute embaumée. . .
Respires-en sur moi l'odorant souvenir.

LA JEUNE FILLE ET LE RAMIER

LES rumeurs du jardin disent qu'il va pleuvoir ;
Tout tressaille averti de la prochaine ondée ;
Et toi qui ne lis plus, sur ton livre accoudée,
Plains-tu l'absent aimé qui ne pourra te voir ?

Là-bas, pliant son aile et mouillé sous l'ombrage,
Banni de l'horizon qu'il n'atteint que des yeux,
Appelant sa compagne et regardant les cieux,
Un ramier, comme toi, soupire de l'orage.

Laissez pleuvoir, ô cœurs solitaires et doux !
Sous l'orage qui passe il renaît tant de choses.
Le soleil sans la pluie ouvrirait-il les roses ?
Amants, vous attendez, de quoi vous plaignez-vous ?

L'ENTREVUE AU RUISSEAU

L'EAU nous sépare, écoute bien :
Si tu fais un pas, tu n'as rien.

Voici ma plus belle ceinture,
Elle embaume encor de mes fleurs.
Prends les parfums et les couleurs,
Prends tout. . . . Je m'en vais sans parure.

L'eau nous sépare, écoute bien :
Si tu fais un pas, tu n'as rien.

Sais-tu pourquoi je viens moi-même
Jeter mon ruban sur ton sein ?
C'est que tu parlais d'un larcin,
Et l'on veut donner quand on aime.

L'eau nous sépare, écoute bien :
Si tu fais un pas, tu n'as rien.

Adieu, ta réponse est à craindre,
Je n'ai pas le temps d'écouter ;
Mais quand je n'ose m'arrêter,
N'est-ce donc que toi qu'il faut plaindre ?

Ce que j'ai dit, retiens-le bien :
Pour aujourd'hui, je n'ai plus rien !

L'IMAGE DANS L'EAU

ONTAINE, fontaine,
Ton eau coûte cher !
Quand tu serais pleine
Du flot rare et clair
Que je te vins prendre
Un soir de l'été,
Pourrais-tu me rendre
Ce qu'il m'a coûté.

Fontaine attirante,
Sur ton frais miroir
Quand la lune errante
Passa pour te voir,

Qu'ai-je vu paraître
A ce doux flambeau ?
Un rêve, peut-être ;
Mais qu'il était beau !

Fontaine enchantée,
N'as-tu que pour moi
La force aimantée
Qui ramène à toi ?...
Ou bien. ... quel dommage !
Au fond de tes fleurs
Retiens-tu l'image
Que troublent mes pleurs ?

Fontaines railleuses
Qui troublez nos pas,
Aux voix curieuses
Dites-vous, tout bas :
« La lune qui passe
Sur deux fronts élus,
Deux fois dans l'espace
Ne les revoit plus. »

L'EAU DOUCE

L'eau qui a rencontré la mer ne retrouve
jamais sa première douceur.

Un poëte persan.

ᴘɪᴛɪᴇ́ de moi ! j'étais l'eau douce ;
Un jour j'ai rencontré la mer ;
A présent j'ai le goût amer,
Quelque part que le vent me pousse.

Ah ! qu'il en allait autrement
Quand, légère comme la gaze,
Parmi mes bulles de topaze
Je m'agitais joyeusement.

Nul bruit n'accostait une oreille
D'un salut plus délicieux
Que mon cristal mélodieux
Dans sa ruisselante merveille.

L'oiseau du ciel, sur moi penché,
M'aimait plus que l'eau du nuage,
Quand mon flot, plein de son image,
Lavait son gosier·desséché.

Le poëte errant qui me loue
Disait un jour qu'il m'a parlé :
« Tu sembles le rire perlé
D'un enfant qui jase et qui joue.

« Moi, je suis l'ardent voyageur
Incliné sur ta nappe humide,
Qui te jure, ô ruisseau limpide,
De bénir partout ta fraîcheur. »

— Doux voyageur, si ta mémoire
S'abreuve de mon souvenir,
Bénis Dieu d'avoir pu me boire,
Mais défends-toi de revenir.

Mon cristal limpide et sonore,
Où s'étalait le cresson vert,
Dans les cailloux ne coule encore
Que sourdement, comme l'hiver.

L'oiseau dont la soif est trompée
Au nuage a rendu son vol ,
Et la plume du rossignol
Dans mon onde n'est plus trempée.

Cette onde qui filtrait du ciel
Roulait des clartés sous la mousse. . . .
J'étais bien mieux, j'étais l'eau douce,
Et me voici traînant le sel.

L'AMI D'ENFANCE

Un ami me parlait et me regardait vivre.
Alors, c'était mourir. . . . Mon jeune âge était ivre
De l'orage enfermé dont la foudre est au cœur :
Et cet ami riait, car il était moqueur.

Il n'avait pas d'aimer la funeste science.
Son seul orage à lui, c'était l'impatience.
Léger comme l'oiseau qui siffle avant d'aimer,
Disant : « Tout feu s'éteint, puisqu'il peut s'allumer ; »

Plein de chants, plein d'audace et d'orgueil sans alarme,
Il eût mis tout un jour à comprendre une larme.
De nos printemps égaux lui seul portait les fleurs ;
J'étais déjà l'aînée, hélas ! par bien des pleurs.

Décorant sa pitié d'une grâce insolente,
Il disputait, joyeux, avec ma voix tremblante ;
A ses doutes railleurs je répondais trop bas. . . .
Prouve-t-on que l'on souffre à qui ne souffre pas ?

Soudain, presque en colère, il m'appela méchante
De tromper la saison où l'on joue, où l'on chante :
« Venez, sortez, courez où sonne le plaisir !
Pourquoi restez-vous là, navrant votre loisir ?
Pourquoi déifier vos immobiles peines ?
Venez, la vie est belle, et ses coupes sont pleines ! . . .
Non ? vous voulez pleurer ? Soit ! j'ai fait mon devoir ;
Adieu ! — Quand vous rirez, je reviendrai vous voir. »

Et je le vis s'enfuir comme l'oiseau s'envole ;
Et je pleurai longtemps au bruit de sa parole ;
Mais quoi ! la fête en lui chantait si haut alors
Qu'il n'entendait que ceux qui dansaient au dehors.

Tout change. Un an s'écoule, il revient.... Qu'il est pâle!
Sur son front, quelle flamme a soufflé tant de hâle?
Comme il accourt tremblant! Comme il serre ma main!
Comme ses yeux sont noirs! Quel démon en chemin
L'a saisi? C'est qu'il aime; il a trouvé son âme.
Il ne me dira plus : « Que c'est lâche, une femme! »
Triste, il m'a demandé : « C'est donc là votre enfer?
Et je riais.... Grand Dieu! vous avez bien souffert! »

LA VOIX D'UN AMI

Si tu n'as pas perdu cette voix grave et tendre
Qui promenait ton âme au chemin des éclairs
Ou s'écoulait limpide avec les ruisseaux clairs,
Eveille un peu ta voix que je voudrais entendre.

Elle manque à ma peine, elle aiderait mes jours.
Dans leurs cent mille voix je ne l'ai pas trouvée.
Pareille à l'espérance en d'autres temps rêvée,
Ta voix ouvre une vie où l'on vivra toujours !

Souffle vers ma maison cette flamme sonore
Qui seule a su répondre aux larmes de mes yeux.
Inutile à la terre, approche-moi des cieux.
Si l'haleine est en toi, que je l'entende encore !

Elle manque à ma peine ; elle aiderait mes jours.
Dans leurs cent mille voix je ne l'ai pas trouvée.
Pareille à l'espérance en d'autres temps rêvée,
Ta voix ouvre une vie où l'on vivra toujours !

TROP TARD

IL a parlé. Prévoyante ou légère,
Sa voix cruelle et qui m'était si chère
A dit ces mots qui m'atteignaient tout bas :
« Vous qui savez aimer, ne m'aimez pas !

« Ne m'aimez pas si vous êtes sensible;
« Jamais sur moi n'a plané le bonheur.
« Je suis bizarre et peut-être inflexible;
« L'amour veut trop : l'amour veut tout un cœur.
« Je hais ses pleurs, sa grâce ou sa colère;
« Ses fers jamais n'entraveront mes pas. »

Il parle ainsi celui qui m'a su plaire. . . .
Qu'un peu plus tôt cette voix qui m'éclaire
N'a-t-elle dit, moins flatteuse et moins bas :
« Vous qui savez aimer, ne m'aimez pas !

« Ne m'aimez pas ; l'âme demande l'âme ;
« L'insecte ardent brille aussi près des fleurs.
« Il éblouit, mais il n'a point de flamme;
« La rose a froid sous ses froides lueurs.
« Vaine étincelle échappée à la cendre,
« Mon sort qui brille égarerait vos pas. »

Il parle ainsi, lui que j'ai cru si tendre !
Ah ! pour forcer ma raison à l'entendre,
Il dit trop tard, ou bien il dit trop bas :
« Vous qui savez aimer, ne m'aimez pas ! »

DERNIÈRE ENTREVUE

ATTENDS, nous allons dire adieu :
Ce mot seul désarmera Dieu.

Les voilà ces feuilles brûlantes
Qu'échangèrent nos mains tremblantes;

Où l'amour répandit par flots
Ses cris, ses flammes, ses sanglots.

Délivrons ces âmes confuses,
Rendons l'air aux pauvres recluses.

Attends, nous allons dire adieu :
Ce mot seul désarmera Dieu.

Voici celle qui m'a perdue. . . .
Lis ! Quand je te l'aurai rendue,

De tant de mal, de tant de bien,
Il ne me restera plus rien.

Brûlons ces tristes fleurs d'orage,
Moi, par effroi ; toi, par courage.

Elles survivraient trop d'un jour
Au naufrage d'un tel amour.

Par pitié; sois-nous inflexible !
Pour ce sacrifice impossible,

Il fallait le secours des cieux,
Et les regarder dans tes yeux !

Contre toi le sort n'a plus d'armes ;
Oh ! ne pleure pas. . . . bois mes larmes !

Lève au ciel ton front abattu ;
Je t'aime à jamais : le sais-tu ?

Mais te voilà près de la porte. . . .
La terre s'en va. . . . je suis morte ! . . .

Hélas ! je n'ai pas dit adieu. . . .
Toi seul es sauvé devant Dieu !

Fierté, pardonne-moi!
Fierté, je t'ai trahie!...
Une fois dans ma vie,
Fierté, j'ai mieux aimé mon pauvre cœur que toi :
Tue, ou pardonne-moi!

Sans souci, sans effroi,
Comme on est dans l'enfance,
J'étais là sans défense;
Rien ne gardait mon cœur, rien ne veillait sur moi :
Où donc étais-tu, toi?

Fierté, pardonne-moi!
Fierté, je t'ai trahie!...
Une fois dans ma vie,
Fierté, j'ai mieux aimé mon pauvre cœur que toi :
Tue, ou pardonne-moi!

L'ESCLAVE ET L'OISEAU

Ouvre ton aile au vent, mon beau ramier sauvage !
Laisse à mes doigts brisés ton anneau d'esclavage.
Tu n'as que trop pleuré ton élément, l'amour ;
Sois heureux comme lui : sauve-toi sans retour !

Que tu montes la nue ou que tu rases l'onde,
Souviens-toi de l'esclave en traversant le monde.
L'esclave t'affranchit pour te rendre à l'amour :
Quitte-moi comme lui : sauve-toi sans retour !

Va retrouver dans l'air la volupté de vivre !
Va boire les baisers de Dieu qui te délivre !
Ruisselant de soleil et plongé dans l'amour,
Va-t-en ! va-t-en ! va-t-en ! sauve-toi sans retour !

Moi, je garde l'anneau ; je suis l'oiseau sans ailes.
Les tiennes vont aux cieux : mon âme est devant elles.
Va, je les sentirai frissonner dans l'amour;
Mon ramier, sois béni ! Sauve-toi sans retour !

Va demander pardon pour les faiseurs de chaînes;
En fuyant les bourreaux, laisse tomber les haines.
Va plus haut que la mort, emporté dans l'amour :
Sois clément comme lui. . . . Sauve-toi sans retour !

DANS L'ÉTÉ

Un danger circule à l'ombre,
 Au chant de l'oiseau,
Qui descend, dès qu'il fait sombre,
 Se plaindre au roseau.
Alors tout ce qui respire
 Se prend à rêver ;
Et le ruisseau qui soupire
 Semble l'éprouver.

Partout les nids et les ailes
 Tremblent doucement,
Dénonçant des tourterelles
 L'entretien charmant ;

L'été brûle avec mystère
    Dans les lits en fleurs
Des seuls amants de la terre
    Sans blâme et sans pleurs.

Et si trop jeune encore
    Pour fuir un danger,
L'enfant rêveur que j'adore
    S'attarde au verger,
Laisse dans l'errante nue
    Ton charme cruel,
Et sauve l'âme ingénue
    Du plaisir mortel!

L'ENFANT TRISTE

Pauvre enfant, dans un jour d'effroi,
L'amour a-t-il semé ta vie?
Tonnait-il fort? Faisait-il froid?
N'entendait-on pas le beffroi?
Ta jeune mère eut-elle envie
De mourir, dans ce jour d'effroi?
        Pauvre enfant!

Chargés d'un vague souvenir,
Tes yeux tristes, mais sans colère,
Se détournent de l'avenir.
Est-ce l'enfant qu'il doit punir?

Y vois-tu luire une lumière
Qui réponde à ton souvenir ?
   Pauvre enfant !

Augure du jaloux amour,
Ta poupée en tes bras cachée,
Objet d'un culte sans retour,
Sous tes soins ardents chaque jour
Est-elle à ton cœur attachée,
L'augure du jaloux amour ?
   Pauvre enfant !

LE SECRET PERDU

Qui me consolera ? — « Moi seule, a dit l'étude ;
« J'ai des secrets nombreux pour ranimer tes jours. »
Les livres ont dès lors peuplé ma solitude,
Et j'appris que tout pleure, et je pleurai toujours.

Qui me consolera ? — « Moi, m'a dit la parure ;
« Voici des nœuds, du fard, des perles et de l'or. »
Et j'essayai sur moi l'innocente imposture,
Mais je parais mon deuil, et je pleurais encor.

Qui me consolera ? — « Nous, m'ont dit les voyages ;
Laisse-nous t'emporter vers de lointaines fleurs. »
Mais, toute éprise encor de mes premiers ombrages,
Les ombrages nouveaux n'ont caché que mes pleurs.

Qui me consolera ? — Rien, plus rien ; plus personne.
Ni leurs voix, ni ta voix ; mais descends dans ton cœur ;
Le secret qui guérit n'est qu'en toi. Dieu le donne :
Si Dieu te l'a repris, va ! renonce au bonheur !

AU LIVRE DE LEOPARDI

Il est de longs soupirs qui traversent les âges
Pour apprendre l'amour aux âmes les plus sages.
O sages ! de si loin que ces soupirs viendront,
Leurs brûlantes douceurs un jour vous troubleront.

Et s'il vous faut garder parmi vos solitudes
Le calme qui préside aux sévères études,
Ne risquez pas vos yeux sur les tendres éclairs
De l'orage éternel enfermé dans ces vers,

Dans ces chants, dans ces cris, dans ces plaintes voilées,
Tocsins toujours vibrant de douleurs envolées.
Oh ! n'allez pas tenter, d'un courage hardi,
Tout cet amour qui pleure avec Leopardi !

Leopardi! Doux Christ oublié de son père,
Altéré de la mort sans le ciel qu'elle espère,
Qu'elle ouvre d'une clé pendue à tout berceau,
Levant de l'avenir l'insoulevable sceau.

Ennemi de lui seul! Aimer, et ne pas croire!
Sentir l'eau sur sa lèvre et ne pas l'oser boire!
Ne pas respirer Dieu dans l'âme d'une fleur!
Ne pas consoler l'ange attristé dans son cœur!

Ce que l'ange a souffert chez l'homme aveugle et tendre,
Ce qu'ils ont dit entre eux sans venir à s'entendre,
Ce qu'ils ont l'un par l'autre enduré de combats,
Sages qui voulez vivre, oh! ne l'apprenez pas!

Oh, la mort! ce sera le vrai réveil du songe!
Liberté! ce sera ton règne sans mensonge!
Le grand dévoilement des âmes et du jour;
Ce sera Dieu lui-même. . . . oh, ce sera l'amour!

SIMPLE HISTOIRE

Tu m'as connue au temps des roses,
Quand les colombes sont écloses ;
Tes yeux alors pleins de soleil
Ont brillé sur mon teint vermeil.
Souriante à ma destinée,
Par ta douce force entraînée,
Je ne t'aimai pas à demi,
Mon jeune ami, mon seul ami !

A l'étonnement de nos âmes,
Tout jetait des fleurs et des flammes ;
Une feuille, un bruit de roseaux
Nous semblaient des hymnes d'oiseaux.

4

Quand ce beau temps sur notre tête
Sonnait à chaque heure une fête,
Nous n'étions mortels qu'à demi,
Mon jeune ami, mon seul ami !

Puis tu t'en allas vers ta mère,
Et la vie eut une ombre amère;
Autour de mon sort languissant,
L'été même allait pâlissant.
Les roses me paraient encore;
Mais déjà, pleurant l'autre aurore,
Je n'aimai plus rien qu'à demi,
Sans mon ami, mon seul ami !

Un jour, l'invincible espérance
Poussa ton vaisseau vers la France :
Tu me ranimas sur ton cœur. . . .
Jeune, on ne meurt pas de bonheur !
Mais la guerre appelait tes armes. . . .
Sous tant de baisers et de larmes,
Je ne t'ai revu qu'à demi,
Mon jeune ami, mon seul ami !

Plus tard, un enfant du village
Accourut, tout pâle au visage,

Disant : « Voulez-vous le revoir ?
Demain ce sera sans espoir.
Déjà les prières sont faites,
Venez vite ; comme vous êtes. . . . »
Et je revins morte à demi,
Mon pauvre ami ! mon seul ami !

LA JEUNE COMÉDIENNE

A FONTENAY - LES - ROSES

Légère, on la portait! C'était comme une fête;
Chaque fleur, pour la voir, semblait lever la tête ;
Le soleil, à pleins feux, ruisselait dans les champs ;
Une église allumait ses flambeaux et ses chants ;
Les cieux resplendissaient sans nuage, sans blâme ;
De la morte charmante ils laissaient passer l'âme,
Et les hommes en bas marchaient silencieux,
La rêverie au cœur et l'espérance aux yeux.
Plus loin, des moissonneurs penchés sur leur faucille,
Devinaient et plaignaient ce poids de jeune fille
Au deuil blanc; car, pressé de vivre et de souffrir,
L'homme partout s'attarde à regarder mourir.

Jamais le mois brûlant n'avait vu tant de roses !

Pour de plus doux emplois elles semblaient écloses.

Le chemin les jetait sous les pieds de l'enfant

Couché, qu'on enlevait de ce sol triomphant.

Cet immobile enfant venait d'être Laurence,

Que sa crédule mère appelait *Espérance*.

Oui, la mère est crédule en regardant le jour

Flotter au fond des yeux de l'enfant, son amour!

C'est trop peu d'une vie à cette âme qui s'ouvre :

C'est une éternité que la mère y découvre.

L'éternité fuyait pour ne plus revenir ;

Laurence avait changé de route et d'avenir.

La veille elle avait dit : « Six vierges couronnées,

« Dont les âmes au mal ne se sont pas données,

« Demain, le long des blés, mèneront le convoi,

« Tendront mon dernier voile et prieront Dieu pour moi.

« Pour moi, s'il est un coin, parmi les hautes herbes,

« Que ne visitent pas les charités superbes,

« Un coin vert, où jamais on n'entend rien gémir,

« J'y voudrais bien aller! j'y voudrais bien dormir!

« S'il vous plaît, qu'on m'y porte! Il me faut du silence;

« Un saule au doux frisson, que l'air baigne et balance.

« Sur nous, si Dieu le veut, l'aurore passera,

« Et parmi le vent frais l'oiseau seul chantera.

« Tant de bruits sur la terre ont étourdi mon âme !

« Oui, c'est une pitié d'y naître pauvre et femme.

« Ne me démentez pas, corrupteurs. . . . Ah ! pardon !

« Vivez ! j'ai pris sur moi la faute et l'abandon.

« J'ai bien assez souffert pour que Dieu vous pardonne !

« Vivez : tous mes pardons à moi, je vous les donne.

« Mais si quelque autre enfant, la voix pleine de pleurs,

« Vient chanter devant vous, ne souillez plus ses fleurs.

« Paix ! Eloignez d'ici cette musique affreuse. . . .

« Fermez tout. . . . là, c'est bien. O Vierge généreuse,

« Je ne veux plus entendre et regarder que vous :

« Oh ! que vous êtes calme ! Oh ! que vous suivre est doux ! »

Puis elle regarda fixe et droit devant elle,
Tandis que de ses yeux la mémoire infidèle
S'effaçait, comme on voit, aux approches du soir,
Par degrés se ternir les clartés d'un miroir.
Un sourire y passa, mais un sourire étrange :
On eût dit qu'auprès d'elle invisible, un autre ange
Détournait de sa bouche, où la vie hésitait,
Une coupe inutile à l'espoir qui mentait.
— « Non, je ne veux plus boire ; assez, cria Laurence,
« Assez, je n'ai plus soif. » Et tout devint silence.

Les pauvres, sur leurs doigts, comptaient ses jeunes jours,
Disant qu'elle était sainte, ayant donné toujours.
Toujours elle donnait, cette belle indigente,
Madeleine insultée et comme elle indulgente.
Dans son rêve fuyant, sillonné d'un peu d'or,
Elle étendait les mains, croyant donner encor.

Mais quoi, le rossignol soulevé dans la brise
S'en retournait à Dieu par l'arceau d'une église,
Et sous tant de bouquets jetés sur son départ,
Seul, de tout ce printemps, ne prenait plus sa part.

Et comme s'en allait ce lumineux cortége,
En chantant : « Que le Dieu qui mourut la protége ! » ...
Prise d'un souvenir qui me serrait la voix,
Je criai, sans parler : « Qu'est-ce donc que je vois ! »

Alors, posant ma main où la douleur s'élance,
Je ressentis au cœur comme un grand coup de lance,
Tel que le recevra tout pauvre cœur humain
Devant ces corps d'enfant tombés par le chemin.
Appelant par son nom la douce pardonnée,
Presque sans le vouloir je marchais consternée,
Puis, rêvant son front pâle et naguère adoré,
La force abandonna mon corps, ... et je pleurai.

Pourtant, l'atome ailé dont le vol se déploie
Traçait au fond de l'air mille cercles de joie,
L'hirondelle au bec noir acclamait son retour;
Le cri des coqs lointains sonnait l'heure et l'amour;
Là-bas, des ramiers blancs flottaient à longues voiles
Et semblaient, en plein jour, de filantes étoiles;
L'arrêt n'avait frappé que sur un jeune sort
Qui, soumis, s'éteignait sous les doigts de la mort.

Dans ce grand requiem formé par la nature,
Six voix d'enfants poussaient leurs élans sans culture;
Au fond des bois ombreux mille oiseaux s'ébattaient,
Et l'on eût dit au loin que les arbres chantaient.

Quand la nuit s'étendit sur l'ardent paysage,
Quand tout bruit s'effaça, l'astre au tendre visage
Vers une croix nouvelle allongea ses fils d'or
Comme un baiser de mère à son enfant qui dort.

Dormez, dormez, jeunesse, apaisez vos orages!
Que tout vous soit repos sous ces chastes ombrages!
Nuls vices ne viendront vous tenter en ce lieu;
Germez dans l'espérance, et laissez faire à Dieu!

CROIS-MOI

Si ta vie obscure et charmée
Coule à l'ombre de quelques fleurs,
Ame orageuse, mais calmée
Dans ce rêve pur et sans pleurs,
Sur les biens que le ciel te donne,
        Crois-moi :
Pour que le sort te les pardonne,
        Tais-toi !

Mais si l'amour d'une main sûre,
T'a frappée à ne plus guérir;
Si tu languis de ta blessure
Jusqu'à souhaiter d'en mourir;

Devant tous, et devant toi-même,
　　Crois-moi :
Par un effort doux et suprême,
　　Tais-toi !

Vois-tu, les profondes paroles
Qui sortent d'un vrai désespoir
N'entrent pas aux âmes frivoles,
Si cruelles sans le savoir !
Ne dis qu'à Dieu ce qu'il faut dire,
　　Crois-moi :
Et couvrant ta mort d'un sourire,
　　Tais-toi !

POURQUOI ?

QUAND vous suiviez ma trace,
J'allais avoir quinze ans,
Puis la fleur, puis la grâce,
Puis le feu du printemps.

J'étais blonde et pliante
Comme l'épi mouvant,
Et surtout moins savante
Que le plus jeune enfant.

J'avais ma douce mère
Me guidant au chemin,
Attentive et sévère
Quand vous cherchiez ma main.

C'est beau la jeune fille
Qui laisse aller son cœur
Dans son regard qui brille
Et se lève au bonheur!

Vous me vouliez pour femme,
Je le jurais tout bas.
Vous mentiez à votre âme :
Moi, je ne mentais pas.

Si la fleur virginale
D'un brûlant avenir,
Si sa plus fraîche annale
N'ont pu vous retenir,

Pourquoi chercher ma trace
Quand je n'ai plus quinze ans,
Ni la fleur, ni la grâce,
Ni le feu du printemps.

CIGALE

De l'ardente cigale
J'eus le destin,
Sa récolte frugale
Fut mon festin.
Mouillant mon seigle à peine
D'un peu de lait,
J'ai glané graine à graine
Mon chapelet.

J'ai chanté comme j'aime
Rire et douleurs;
L'oiseau des bois lui-même
Chante des pleurs;

Et la sonore flamme,
    Symbole errant,
Prouve bien que toute âme
    Brûle en pleurant.

Puisque amour vit de charmes
    Et de souci,
J'ai donc vécu de larmes,
    De joie aussi;
A présent, que m'importe!
    Faite à souffrir,
Devant, pour être morte,
    Si peu mourir.

La chanteuse penchée
    Cherchait encor
De la moisson fauchée
    Quelque épi d'or,
Quand l'autre moissonneuse,
    Forte en tous lieux,
Emporta la glaneuse
    Chanter aux cieux.

Amour, divin rôdeur, glissant entre les âmes,
Sans te voir de mes yeux, je reconnais tes flammes.
Inquiets des lueurs qui brûlent dans les airs,
Tous les regards errants sont pleins de tes éclairs.

C'est lui! Sauve qui peut! Voici venir les larmes!..
Ce n'est pas tout d'aimer, l'amour porte des armes.
C'est le roi, c'est le maître, et pour le désarmer,
Il faut plaire à l'amour, ce n'est pas tout d'aimer!

FAMILLE

LE NID SOLITAIRE

VA, mon âme, au-dessus de la foule qui passe,
Ainsi qu'un libre oiseau te baigner dans l'espace.
Va voir ! et ne reviens qu'après avoir touché
Le rêve. . . . mon bon rêve à la terre caché.

Moi, je veux du silence, il y va de ma vie ;
Et je m'enferme où rien, plus rien ne m'a suivie ;
Et de mon nid étroit d'où nul sanglot ne sort,
J'entends courir le siècle à côté de mon sort.

Le siècle qui s'enfuit grondant devant nos portes,
Entraînant dans son cours, comme des algues mortes,
Les noms ensanglantés, les vœux, les vains serments,
Les bouquets purs, noués de noms doux et charmants.

Va, mon âme, au-dessus de la foule qui passe,
Ainsi qu'un libre oiseau te baigner dans l'espace.
Va voir! et ne reviens qu'après avoir touché
Le rêve.... mon beau rêve à la terre caché!

LOIN DU MONDE

Entrez, mes souvenirs, ouvrez ma solitude.
Le monde m'a troublée ; elle aussi me fait peur.
Que d'orages encore et que d'inquiétude
Avant que son silence assoupisse mon cœur !

Je suis comme l'enfant qui cherche après sa mère,
Qui crie, et qui s'arrête effrayé de sa voix.
J'ai de plus que l'enfant une mémoire amère :
Dans son premier chagrin, lui, n'a pas d'autrefois.

Entrez, mes souvenirs, quand vous seriez en larmes,
Car vous êtes mon père, et ma mère, et mes cieux !
Vos tristesses jamais ne reviennent sans charmes ;
Je vous souris toujours en essuyant mes yeux.

Revenez ! Vous aussi, rendez-moi vos sourires,
Vos longs soleils, votre ombre, et vos vertes fraîcheurs,
Où les anges riaient dans nos vierges délires,
Où nos fronts s'allumaient sous de chastes rougeurs.

Dans vos flots ramenés quand mon cœur se replonge,
O mes amours d'enfance ! ô mes jeunes amours !
Je vous revois couler comme l'eau dans un songe,
O vous, dont les miroirs se ressemblent toujours !

LA FILEUSE ET L'ENFANT

J'APPRIS à chanter en allant à l'école :
Les enfants joyeux aiment tant les chansons!
Ils vont les crier au passereau qui vole;
Au nuage, au vent, ils portent la parole,
Tout légers, tout fiers de savoir des leçons.

—

La blanche fileuse à son rouet penchée
Ouvrait ma jeune âme avec sa vieille voix
Lorsque j'écoutais, toute lasse et fâchée,
Toute buissonnière en un saule cachée,
Pour mon avenir ces thêmes d'autrefois.

Elle allait chantant d'une voix affaiblie,
Mêlant la pensée au lin qu'elle allongeait;
Courbée au travail comme un pommier qui plie;
Oubliant son corps d'où l'âme se délie;
Moi, j'ai retenu tout ce qu'elle songeait :

— « Ne passez jamais devant l'humble chapelle
Sans y rafraîchir les rayons de vos yeux.
Pour vous éclairer, c'est Dieu qui vous appelle;
Son nom dit le monde à l'enfant qui l'épèle,
Et c'est, sans mourir, une visite aux cieux.

« Ce nom, comme un feu, mûrira vos pensées,
Semblable au soleil qui mûrit les blés d'or;
Vous en formerez des gerbes enlacées
Pour les mettre un jour sous vos têtes lassées
Comme un faible oiseau qui chante et qui s'endort.

« N'ouvrez pas votre aile aux gloires défendues;
De tous les lointains juge-t-on la couleur ?
Les voix sans écho sont les mieux entendues;
Dieu tient dans sa main les clefs qu'on croit perdues;
De tous les secrets lui seul sait la valeur.

« Quand vous respirez un parfum délectable,
Ne demandez pas d'où vient ce souffle pur.
Tout parfum descend de la divine table ;
L'abeille en arrive, artiste infatigable,
Et son miel choisi tombe aussi de l'azur.

« L'été, lorsqu'un fruit fond sous votre sourire,
Ne demandez pas : Ce doux fruit, qui l'a fait ?
Vous direz : C'est Dieu, Dieu par qui tout respire !
En piquant le mil, l'oiseau sait bien le dire,
Le chanter aussi par un double bienfait.

« Si vous avez peur lorsque la nuit est noire,
Vous direz : Mon Dieu, je vois clair avec vous !
Vous êtes la lampe au fond de ma mémoire ;
Vous êtes la nuit, voilé dans votre gloire ;
Vous êtes le jour et vous brillez pour nous !

« Si vous rencontrez un pauvre sans baptême,
Donnez-lui le pain que l'on vous a donné.
Parlez-lui d'amour comme on fait à vous-même ;
Dieu dira : C'est bien ! Voilà l'enfant que j'aime :
S'il s'égare un jour, il sera pardonné.

« Voyez-vous passer dans sa tristesse amère
Une femme seule et lente à son chemin ;
Regardez-la bien et dites : C'est ma mère,
Ma mère qui souffre ! — Honorez sa misère,
Et soutenez-la du cœur et de la main.

« Enfin faites tant et si souvent l'aumône,
Qu'à ce doux travail ardemment occupé,
Quand vous vieillirez — tout vieillit, Dieu l'ordonne, —
Quelque ange en passant vous touche et vous moissonne
Comme un lis d'argent pour la Vierge coupé.

« Les ramiers s'en vont où l'été les emmène ;
L'eau court après l'eau qui fuit sans s'égarer.
Le chêne grandit sous le bras du grand chêne,
L'homme revient seul où son cœur le ramène,
Où les vieux tombeaux l'attirent pour pleurer. »

— J'appris tous ces chants en allant à l'école :
Les enfants joyeux aiment tant les chansons !
Ils vont les crier au passereau qui vole ;
Au nuage, au vent, ils portent la parole,
Tout légers, tout fiers de savoir des leçons.

UN RUISSEAU DE LA SCARPE

Oui, j'avais des trésors. . . . j'en ai plein ma mémoire.
J'ai des banquets rêvés où l'orphelin va boire.
Oh! quel enfant des blés, le long des chemins verts,
N'a, dans ses jeux errants, possédé l'univers?

Emmenez-moi, chemins!.. Mais non, ce n'est plus l'heure,
Il faudrait revenir en courant où l'on pleure,
Sans avoir regardé jusqu'au fond le ruisseau
Dont la vague mouilla l'osier de mon berceau.

Il courait vers la Scarpe en traversant nos rues
Qu'épurait la fraîcheur de ses ondes accrues;
Et l'enfance aux longs cris saluait son retour
Qui faisait déborder tous les puits d'alentour.

Ecoliers de ce temps, troupe alerte et bruyante,
Où sont-ils vos présents jetés à l'eau fuyante ?
Le livre ouvert, parfois vos souliers pour vaisseaux,
Et vos petits jardins de mousse et d'arbrisseaux ?

Air natal ! aliment de saveur sans seconde,
Qui nourris tes enfants et les baise à la ronde ;
Air natal imprégné des souffles de nos champs,
Qui fais les cœurs pareils et pareils les penchants !

Et la longue innocence, et le joyeux sourire
Des nôtres, qui n'ont pas de plus beau livre à lire
Que leur visage ouvert et leurs grands yeux d'azur,
Et leur timbre profond d'où sort l'entretien sûr ! . . .

Depuis que j'ai quitté tes haleines bénies,
Tes familles aux mains facilement unies,
Je ne sais quoi d'amer à mon pain s'est mêlé,
Et partout sur mon jour une larme a tremblé.

Et je n'ai plus osé vivre à poitrine pleine
Ni respirer tout l'air qu'il faut à mon haleine.
On eût dit qu'un témoin s'y serait opposé. . . .
Vivre pour vivre, oh non ! je ne l'ai plus osé !

Non, le cher souvenir n'est qu'un cri de souffrance !
Viens donc, toi, dont le cours peut traverser la France ;
A ta molle clarté je livrerai mon front,
Et dans tes flots, du moins, mes larmes se perdront.

Viens ranimer le cœur séché de nostalgie,
Le prendre et l'inonder d'une fraîche énergie.
En sortant d'abreuver l'herbe de nos guérets,
Viens, ne fût-ce qu'une heure, abreuver mes regrets !

Amène avec ton bruit une de nos abeilles
Dont l'essaim, quoique absent, bourdonne en mes oreilles.
Elle en parle toujours ! diront-ils.... Mais, mon Dieu,
Jeune, on a tant aimé ces parcelles de feu !

Ces gouttes de soleil dans notre azur qui brille,
Dansant sur le tableau lointain de la famille,
Visiteuses des blés où logent tant de fleurs,
Miel qui vole émané des célestes chaleurs !

J'en ai tant vu passer dans l'enclos de mon père
Qu'il en fourmille au fond de tout ce que j'espère ;
Sur toi dont l'eau rapide a délecté mes jours,
Et m'a fait cette voix qui soupire toujours.

Dans ce poignant amour que je m'efforce à rendre,
Dont j'ai souffert longtemps avant de le comprendre,
Comme d'un pâle enfant on berce le souci,
Ruisseau, tu me rendrais ce qui me manque ici.

Ton bruit sourd, se mêlant au rouet de ma mère,
Enlevant à son cœur quelque pensée amère,
Quand pour nous le donner elle cherchait là-bas
Un bonheur attardé qui ne revenait pas.

Cette mère, à ta rive elle est assise encore ;
La voilà qui me parle, ô mémoire sonore !
O mes palais natals, qu'on m'a fermés souvent !
La voilà qui les rouvre à son heureux enfant !

Je ressaisis sa robe, et ses mains, et son âme !
Sur ma lèvre entr'ouverte elle répand sa flamme !
Non ! par tout l'or du monde on ne me paîrait pas
Ce souffle, ce ruisseau qui font trembler mes pas !

UNE RUELLE DE FLANDRE

A Madame DESLOGE, née LEURS.

Dans l'enclos d'un jardin gardé par l'innocence
J'ai vu naître vos fleurs avant votre naissance.
Beau jardin, si rempli d'œillets et de lilas
Que de le regarder on n'était jamais las.

En me haussant au mur dans les bras de mon frère,
Que de fois j'ai passé mes bras par la barrière
Pour atteindre un rameau de ces calmes séjours
Qui souple s'avançait et s'enfuyait toujours !
Que de fois, suspendus aux frêles palissades,
Nous avons savouré leurs molles embrassades,
Quand nous allions chercher pour le repas du soir
Notre lait à la cense, et longtemps nous asseoir

Sous ces rideaux mouvants qui bordaient la ruelle !
Hélas ! qu'aux plaisirs purs la mémoire est fidèle !
Errants dans les parfums de tous ces arbres verts,
Plongeant nos fronts hardis sous leurs flancs entr'ouverts,
Nous faisions les doux yeux aux roses embaumées
Qui nous le rendaient bien, contentes d'être aimées !

Nos longs chuchotements entendus sans nous voir,
Nos rires étouffés pleins d'audace et d'espoir
Attirèrent un jour le père de famille
Dont l'aspect, tout d'un coup, surmonta la charmille,
Tandis qu'un tronc noueux, me barrant le chemin,
M'arrêta par la manche et fit saigner ma main.

Votre père eut pitié.... C'était bien votre père !
On l'eût pris pour un roi dans la saison prospère.
Et nous ne partions pas à sa voix sans courroux :
Il nous chassait en vain, l'accent était si doux !
En écoutant souffler nos rapides haleines,
En voyant nos yeux clairs comme l'eau des fontaines,
Il nous jeta des fleurs pour hâter notre essor,
Et nous d'oser crier : « Nous reviendrons encor ! »

Quand on lavait du seuil la pierre large et lisse
Où dans nos jeux flamands l'osselet roule et glisse,

En rond silencieux, penchés sur leurs genoux,
D'autres enfants jouaient enhardis comme nous;
Puis, poussant à la fois leurs grands cris de cigales,
Ils jetaient pour adieux des clameurs sans égales,
Si bien qu'apparaissant tout rouges de courroux,
De vieux fâchés criaient : « Serpents ! vous tairez-vous ! »
Quelle peur !... Jamais plus n'irai-je à cette porte
Où je ne sais quel vent par force me remporte !
Quoi donc ! Quoi ! jamais plus ne voudra-t-il de moi
Ce pays qui m'appelle et qui s'enfuit ?... Pourquoi ?

Alors les blonds essaims de jeunes Albertines
Qui hantent dans l'été nos fermes citadines
Venaient tourner leur danse et cadencer leurs pas
Devant le beau jardin qui ne se fermait pas.
C'était la seule porte incessamment ouverte,
Inondant le pavé d'ombre ou de clarté verte,
Selon que du soleil les rayons ruisselants
Passaient ou s'arrêtaient aux feuillages tremblants.
On eût dit qu'invisible une indulgente fée
Dilatait d'un soupir la ruelle étouffée,
Quand les autres jardins enfermés de hauts murs
Gardaient sous les verrous leur ombre et leurs fruits mûrs.
Tant pis pour le passant ! A moins qu'en cette allée,
Elevant vers le ciel sa tête échevelée,

6

Quelque arbre, de l'enclos habitant curieux,
Ne franchît son rempart d'un front libre et joyeux.

On ne saura jamais les milliers d'hirondelles
Revenant sous nos toits chercher à tire d'ailes
Les coins, les nids, les fleurs et le feu de l'été,
Apportant en échange un goût de liberté.
Entendra qui pourra sans songer aux voyages
Ce qui faisait frémir nos ailes sans plumages,
Ces fanfares dans l'air, ces rendez-vous épars
Qui s'appelaient au loin : « Venez-vous ? Moi, je pars! »

C'est là que votre vie ayant été semée,
Vous alliez apparaître et charmante et charmée;
C'est là que, préparée à d'innocents liens,
J'accourais.... Regardez comme je m'en souviens!

Et les petits voisins amoureux d'ombre fraîche
N'eurent pas sitôt vu, comme au fond d'une crèche,
Un enfant rose et nu, plus beau qu'un autre enfant,
Qu'ils se dirent entre eux : « Est-ce un Jésus vivant? »

C'était vous! D'aucuns nœuds vos mains n'étaient liées;
Vos petits pieds dormaient sur les branches pliées;
Toute libre dans l'air où coulait le soleil,

Un rameau sous le ciel berçait votre sommeil ;
Puis, le soir, on voyait d'une femme étoilée
L'abondante mamelle à vos lèvres collée,
Et partout se lisait dans ce tableau charmant
De vos jours couronnés le doux pressentiment.

De parfums, d'air sonore incessamment baisée,
Comment n'auriez-vous pas été poétisée?
Que l'on s'étonne donc de votre amour des fleurs !
Vos moindres souvenirs nagent dans leurs couleurs.
Vous en viviez, c'était vos rimes et vos proses :
Nul enfant n'a jamais marché sur tant de roses !

Mon Dieu ! s'il n'en doit plus poindre au bord de mes jours,
Que sur ma sœur de Flandre il en pleuve toujours !

A ROUEN, RUE ANCRIÈRE

Je n'ai vu qu'un regard de cette belle morte
A travers le volet qui touche à votre porte,
Ma sœur ! Et sur la vitre où passa ce regard,
Ce fut l'adieu d'un ange obtenu par hasard.

Et dans la rue encore on dirait, quand je passe,
Que l'adieu reparaît à la claire surface.

Mais il est un miroir empreint plus tristement
De l'image fuyante et visible un moment ;
Ce miroir, c'est mon âme où, portrait plein de larmes,
Revit la belle morte avec ses jeunes charmes.

LE PUITS DE NOTRE-DAME A DOUAI

VIEUX puits emmantelé de mousse et de gazons,
Flot caché qui lavais le rang de nos maisons,
Centre d'égalité pour tout le voisinage,
Innocent cabaret du vieux et du jeune âge
Par le riche et le pauvre envahi chaques jours,
Je te salue, ô toi qui te donnes toujours !

Dieu n'aura pas permis que l'on séchât ta source ;
Et les enfants nouveaux y dirigent leur course,
Et les femmes encore y vont entretenir
Leurs bonheurs d'autrefois qui font mon souvenir.

Car au soleil couchant, du fond de leurs familles,
Glissaient au rendez-vous les plus petites filles,

Pareilles aux ramiers que l'on se plaît à voir
S'abattre et s'étaler au bord d'un abreuvoir,
Dans le gravier qui brille imbiber leur plumage
Et roucouler entre eux leur bonheur sans nuage.

De même, retenant les cris clairs et charmants,
On se reconnaissait par des chuchotements,
— (J'en étais!) — soulevant jusqu'au flot sédentaire
Tous nos fronts ravivés de moiteur salutaire;
Et là se ranimaient les agneaux languissants,
Trop serrés tout le jour dans nos bras caressants.

Quel calme! Quel espace! Et quel mouvant silence!
Ne songeant plus si l'heure au clocher se balance,
Ni si, dans l'univers, d'autres enfants bénis
Sont rentrés au bercail et les ramiers aux nids.
Un liseur de légende ayant vu parmi l'ombre
Nos blonds essaims tourner alentour de l'eau sombre,
En eût fait des ondins à demi réveillés,
Dansant la bouche close et les cheveux mouillés.

Et quand vient me chercher le rêve aux longues ailes
Vers ces enfants.... depuis changés en demoiselles,
Je descends haletante à ses chastes lueurs,
Mais plusieurs sont absents et leurs noms sous des fleurs.

Je ne retrouve plus Albertine envolée,
Ni mes sœurs, toutes trois dans une autre vallée.
Je sais qu'elles sont bien, mais le rêve éperdu
Me ramène plus triste. Il ne m'a rien rendu.

Que dis-je? Il m'a donné de replonger mon âme
Dans cette eau jaillissant aux pieds de Notre-Dame,
Et d'aller librement, humblement me rasseoir
Sur les bancs consacrés aux prières du soir.
Beau rêve! Il m'a permis de reposer ma tête,
Non comme l'hôte heureux et comblé de la fête,
Mais comme le banni fatigué de gémir,
Cherchant de l'ombre à part afin d'oser dormir.

ENVOYÉ A LA BIEN-AIMÉE

qui avait voulu voir le pays de sa mère.

Toi, ne passe jamais à l'angle de la rue
Où notre église encor n'est pas toute apparue,
Sans t'arrêter au bruit qui filtre sous tes pas,
Pour écouter un peu ce qu'il chante tout bas.
Il chante le passé, car il a vu nos pères;
Il a la même voix que dans les temps prospères.

Livre tes longs cheveux au ruisselant miroir,
Et regarde longtemps ce que j'y voudrais voir :
Ton visage étoilé dans les cercles humides,
Parsemant leurs clartés de sourires limpides,
Et les multipliant au fond du puits songeur
Pour y porter le jour comme ils font dans mon cœur!

Alors qu'il soit béni le salubre nuage
Ayant de tous les tiens miré l'errante image !
Monte sur la margelle et bois à ton plein gré
Son haleine qui manque à mon sang altéré.

SOIR D'ÉTÉ

LE soleil brûlait l'ombre, et la terre altérée
Au crépuscule errant demandait un peu d'eau ;
Chaque fleur de sa tête inclinait le fardeau
    Sur la montagne encor dorée.

Tandis que l'astre en feu descend et va s'asseoir
    Au fond de sa rouge lumière,
Dans les arbres mouvants frissonne la prière,
    Et dans les nids : Bonsoir! bonsoir!

Pas une aile à l'azur ne demande à s'étendre,

Pas un enfant ne rôde aux vergers obscurcis,

Et dans tout ce grand calme et ces tons adoucis,

　　　Le moucheron pourrait s'entendre.

Aux Andelys.

L'INNOCENCE

Beau fantôme de l'innocence,
    Vêtu de fleurs,
Toi qui gardes sous ta puissance
    Une âme en pleurs!

O toi qui devanças nos hontes
    Et nos revers,
Es-tu si grand que tu surmontes
    Tout l'univers?

Le reste comme la poussière
    S'est envolé;
Devant le feu de ma paupière
    Tout s'est voilé;

Tout s'est enfui, flamme et fumée,
    Tout est au vent,
Toi seul sur mon âme enfermée
    Planes souvent.

Pour courir à ta voix qui crie :
    « Eternité! »
Pour monter à Dieu que je prie,
    J'ai tout jeté.

La nuit, pour chasser un mensonge
    Qui me fait peur,
Ta main, plus forte que le songe,
    Etreint mon cœur.

Quelle absence est assez profonde
    Pour te braver,
Quand ton regard perce le monde
    Pour nous trouver?

De mon âme ont jailli des âmes
    Dignes de toi;
Au milieu de ces pures flammes
    Ressaisis-moi!

Beau fantôme de l'innocence
  Vêtu de fleurs,
Oh ! garde bien en ta puissance
  Notre âme en pleurs.

LA ROSE FLAMANDE

C'est là que j'ai vu Rose Dassonville,
Ce mouvant miroir d'une rose au vent.
Quand ses doux printemps erraient par la ville,
Ils embaumaient l'air libre et triomphant.

Et chacun disait en perçant la foule :
« Quoi! belle à ce point?... Je veux voir aussi....»
Et l'enfant passait comme l'eau qui coule
Sans se demander : « Qui voit-on ici? »

Un souffle effeuilla Rose Dassonville.
Son logis cessa de fleurir la ville
Et, triste aujourd'hui comme le voilà,
              C'est là!

Rue de la Maison de Ville, à Douai.

LAISSE-NOUS PLEURER

Toi qui ris de nos cœurs prompts à se déchirer,
Rends-nous notre ignorance ou laisse-nous pleurer !

Promets-nous à jamais le soleil, la nuit même,
Oui, la nuit à jamais, promets-la-moi, je l'aime !
Avec ses astres blancs, ses flambeaux, ses sommeils,
Son rêve errant toujours et toujours ses réveils !
Et toujours, pour calmer la brûlante insomnie,
D'un monde où rien ne meurt l'éternelle harmonie !

Ce monde était le mien quand, les ailes aux vents,
Mon âme encore oiseau rasait les jours mouvants ;
Quand je mordais aux fruits que ma sœur, chère aînée,
Cueillait à l'arbre entier de notre destinée.
Puis, en nous regardant jusqu'au fond de nos yeux,

Nous éclations d'un rire à faire ouvrir les cieux.
Car nous ne savions rien. Plus agiles que l'onde,
Nos âmes s'en allaient chanter autour du monde,
Lorsqu'avec moi, promise aux profondes amours,
Nous n'épelions partout qu'un mot : « Toujours ! toujours ! »

Philosophe distrait, amant des théories,
Qui n'ôtes ton chapeau qu'aux madones fleuries,
Quand tu diras toujours que vivre, c'est penser,
Qu'il faut que l'oiseau chante et qu'il nous faut danser,
Et qu'alors qu'on est femme il faut porter des roses,
Tu ne changeras pas le cours amer des choses.
Pourquoi donc nous chercher, nous qui ne dansons pas ?
Pourquoi nous écouter, nous qui parlons tout bas ?
Nous n'allons point usant nos yeux au même livre ;
Le mien se lit dans l'ombre où Dieu m'apprend à vivre.

Toi qui ris de nos cœurs prompts à se déchirer,
Rends-nous notre ignorance ou laisse-nous pleurer.

Vois, si tu n'as pas vu, la plus petite fille
S'éprendre des soucis d'une jeune famille,
Eclore à la douleur par le pressentiment,
Pâlir pour sa poupée heurtée imprudemment,

Prier Dieu, puis sourire en berçant son idole
Qu'elle croit endormie au son de sa parole.
Fière du vague instinct de sa fécondité,
Elle couve une autre âme à l'immortalité.
Laisse-lui ses berceaux : ta raillerie amère
Eteindrait son enfant.... tu vois bien qu'elle est mère.
A la mère du moins laisse les beaux enfants,
Ingrats, si Dieu le veut, mais à jamais vivants !
Sinon, de quoi ris-tu ? Va, j'ai le droit des larmes ;
Va, sur les flancs brisés ne porte pas tes armes.

Toi qui ris de nos cœurs prompts à se déchirer,
Rends-nous notre innocence ou laisse-nous pleurer !

A MA SŒUR CÉCILE

L'ORAGE avait grondé, ma tête était brûlante,
Et ma tête vers toi se tourna sans effort;
Tu ne m'avais pas dit : « Je veille sur ton sort : »
Je l'entendis en moi dans cette heure accablante.

Plus tard, quand le soleil et sa tendre pitié
De mon front pâle encore essuyèrent les charmes,
Si l'ombre du passé me ramenait des larmes,
Ta tendresse fidèle en prenait la moitié.

Bientôt seule, et rendue au vent de la tempête,
Roseau toujours à terre et toujours étonné,
Quand tous m'offraient leur vie en courant à la fête,
Tu ne m'offris rien, toi, mais tu m'as tout donné.

A MON FILS

AVANT LE COLLÉGE

Un soir, l'âtre éclairait notre maison fermée,
Par le travail et toi doucement animée.
Ton aïeul tout rêveur te prit sur ses genoux
(Il n'a jamais sommeil pour veiller avec nous),
Il parla le premier de départ, de collége,
De travaux, de la gloire aussi qui les allége,
Content d'avoir été, jeune un jour comme toi,
Emmené par sa mère.... il le disait pour moi....
Puis traçant des tableaux pour étendre ta vue,
De nouveaux horizons découvrant l'étendue,
Il dit que, si petit qu'il fût, par le chemin,
Il soutenait sa mère et lui tenait la main.

Il raconta comment cette femme prudente
L'avait porté loin d'elle en sa tendresse ardente.
Ses yeux étaient mouillés, me fixant en dessous...
De ce poignant effort je l'aime et je l'absous !
Sur quoi, me voyant coudre un manteau de voyage,
Il m'embrassa deux fois pour louer mon courage,
Et toi, voyant qu'à tout je n'opposais plus rien,
Tu répondis : « Allons, mère, je le veux bien ! »

Oui, l'enfant veut toujours aller, perçant l'espace,
Tourner autour du monde et voir ce qui s'y passe.
Oui, son âme est l'oiseau qui n'a point de séjour,
Et qui vole partout où Dieu répand le jour.
Dès ce moment j'appris que j'avais fait un rêve,
Que tout nous dit adieu, que tout bonheur s'achève.
Et je devins confuse en pesant mon devoir.
L'ai-je rempli ?... Mon père était là pour le voir.
Le lendemain déjà dépassant la charmille
Et dérobant une âme au nid de la famille,
Quand nos pigeons rangés nous regardaient partir,
Trois fois prompte à rentrer, trois fois lente à sortir,
Comme celle qui croit oublier quelque chose,
Je ne pouvais sur toi tirer la porte close ;
Et le guide appelait : ah ! je l'entendais bien,
Mais j'oubliais toujours qu'il ne manquait plus rien.

Et toi, dont toute l'âme éclatait sans culture,

Partout où s'arrêtait notre lourde voiture,

Cher petit protecteur de mon rude chemin,

Tu descendais devant pour me donner la main.

On souriait de voir, empressé comme un page,

Un enfant si soumis, si diligent, si sage ;

Et je disais en moi, triste comme aujourd'hui :

« Jamais je ne pourrai m'en revenir sans lui ! »

Nous qui portons les fruits sur la terre où nous sommes,

Si fortes pour aimer, nous, faibles sœurs des hommes,

O mères, pourquoi donc les mettons-nous au jour,

Ces tendres fruits volés à notre ardent amour ?

A peine ils sont à nous qu'on veut nous les reprendre.

O mères, savez-vous ce qu'on va leur apprendre ?

A trembler sous un maître, à n'oser, par devoir,

Qu'une fois tous les ans demander à nous voir ;

A détourner de nous leurs mémoires légères.

Alors que sauront-ils ? Les langues étrangères,

Les vains soulèvements des peuples malheureux

Et les fléaux humains toujours armés contre eux.

C'est donc beau ? Mais le temps saurait les en instruire.

Candeur de mon enfant, on va bien vous détruire !

Quand je le reverrai, mon fils sera savant ;

Il parlera latin ! Hélas, mon pauvre enfant,

Moi, je n'oserai plus peigner ta tête blonde.

Tu parleras latin ! Ta science profonde

Ne pouvant avec moi suivre un long entretien,

Tu diras tout surpris : « Ma mère ne sait rien ! »

Eh ! que veux-tu : l'amour n'en sait pas davantage ;

Ce maître conduit tout sans faire un grand tapage.

Il va ! Tant que mes pieds pouvaient porter mes jours,

J'allais chercher partout, pour t'en combler toujours,

Les fruits qui font bondir ta jeune fantaisie ;

C'est notre étude à nous, c'est notre poésie.

Et je versais aussi quelques graves leçons

A ton doux cœur bercé par mes douces chansons.

N'était-ce pas assez pour nourrir ton jeune âge ?

Car tu n'as pas huit ans, chère âme ! Et c'est dommage,

Oui, je le dis, dommage, et frayeur, et danger,

D'ouvrir tant de secrets à ton âge léger.

A MON FILS

APRÈS L'AVOIR CONDUIT AU COLLÉGE.

DIRE qu'il faut ainsi se déchirer soi-même,
Leur porter son enfant, seule vie où l'on s'aime,
Seul miroir de ce temps où les yeux sont pleins d'or,
Où le ciel est en nous sans un nuage encor;
Son enfant! dont la voix nouvelle et reconnue
Nous dit : « Je suis ta voix fraîchement revenue. »
Son enfant! Ce portrait, cette âme, cette voix,
Qui passe devant nous comme on fut une fois;
Quand on pense qu'il faut s'en détacher vivante,
Lui choisir une cage inconnue et savante,
Le conduire à la porte et dire: « Le voilà!
Prenez ! moi, je m'en vais....» — C'est Dieu qui veut cela!

Croyez-vous? Dieu veut donc que, noyée en ma peine
Comme cette Madone assise à la fontaine,
Cachée en un vieux saule aux longs cheveux mouillés,
Ne pouvant plus mouvoir mes pieds las et souillés,
Je pleure, et d'un sanglot croyant troubler le monde,
J'appelle mon enfant pour que Dieu me réponde !
Mais la porte est déjà fermée à mon malheur,
Et tout dit à la femme : « Allez à la douleur! »

J'y vais. Je n'ai rien dit, j'ai salué les maîtres;
De la grande maison j'ai compté les fenêtres,
Parcouru le jardin sans verdure, sans fleurs.
Oui, c'est bien vrai, l'hiver est la saison des pleurs.
Les miens n'ont pas coulé de mon cœur gros d'alarme;
J'ai vu partir mon fils sans verser une larme.
Il pâlissait, le pauvre, en me voyant partir !
Je souriais pourtant, j'essayais de mentir.
Dieu ! folle d'un chagrin que rien ne peut décrire,
Pour endurcir son cœur j'essayais de sourire !
Mais aux frissons épars dans mes membres tremblants,
J'ai senti que j'aurai bientôt des cheveux blancs.
Va ! je les aimerai. J'aimais ceux de ma mère.
Jeune encore, ils disaient son lot tendre et sévère,
Ses longs cheveux cendrés que je baisais toujours

Sans savoir que ce fût le livre de ses jours.

Tu baiseras les miens si l'amour me les donne.

Si tu sais où j'ai pris cette grave couronne,

Quand tu vivrais cent ans tu t'en ressouviendras,

Et par delà mes jours, toi, tu les béniras.

L'avait-il pressenti quand, furtif, hors d'haleine,

Comme un agneau cherchant sa mère dans la plaine,

Il franchit sans frayeur un vieux mur entr'ouvert

Et bondit, pour m'atteindre, au sentier découvert

(Tandis que le collége assoupi dans l'étude

L'avait laissé se battre avec la solitude),

Quand ses bras étendus revolèrent vers moi

Et qu'il cria : « Je veux m'en aller avec toi ! »

Mais à peine arrivé jusqu'à l'eau du rivage,

Qu'ils sont vite accourus l'ôter à mon courage !

Car ils m'ont dit : « Courage ! » en m'arrachant sa main...

Et, sans savoir par où, j'ai repris mon chemin.

Quand on dira toujours que je suis trop heureuse ;

Qu'il aura de l'esprit ; que l'école est nombreuse ;

Que les enfants sont fiers d'y grandir loin de nous ;

Que je devrais bénir mon sort à deux genoux ; ...

Ah ! j'y suis, à genoux, car l'angoisse est divine,

Et femme, je murmure, et mère, je m'incline.

Hélas, pour être mère on promet d'obéir,
Et mère on n'obéit qu'au risque de mourir!

Vous, du moins, Vierge blanche, immobile et soumise,
Et seule au bord de l'eau pensivement assise,
Les mains sur votre cœur, et vos yeux sur mes yeux,
Parlez-moi, Vierge mère, oh! parlez-moi des cieux!
Parlez! vous qui voyez tout ce que j'ai dans l'âme :
Vous en avez pitié puisque vous êtes femme.
Cet amour des amours qui m'isole en ce lieu,
Ce fut le vôtre; eh bien, parlez-en donc à Dieu!
Sans reproche, sans bruit, douce reine des mères,
Cachez dans vos pardons mes révoltes amères;
Couvrez-moi de silence, et relevez mon front
Baissé sous le chagrin comme sous un affront.

Voilà ce qui s'est fait par un jour de décembre,
Mois sans soleil. Voilà ce que dans cette chambre
Où je n'entends gronder et gémir que mon cœur,
Devant l'heure qui vient et passe avec lenteur,
Je retrace de lui pour m'aider à l'attendre
Jusqu'au jour, jour de vie! où je pourrai l'entendre.
Devant mon jeune maître alors je me tairai :
Il parlera.... mais moi, je le regarderai!

RÊVE INTERMITTENT D'UNE NUIT TRISTE

O champs paternels hérissés de charmilles
Où glissent, le soir, des flots de jeunes filles !

O frais pâturage où de limpides eaux
Font bondir la chèvre et chanter les roseaux !

O terre natale ! à votre nom que j'aime,
Mon âme s'en va toute hors d'elle-même ;

Mon âme se prend à chanter sans effort ;
A pleurer aussi, tant mon amour est fort !

J'ai vécu d'aimer, j'ai donc vécu de larmes ;
Et voilà pourquoi mes pleurs eurent leurs charmes.

Voilà, mon pays, n'en ayant pu mourir,
Pourquoi j'aime encore au risque de souffrir.

Voilà, mon berceau, ma colline enchantée,
Dont j'ai tant foulé la robe veloutée,

Pourquoi je m'envole à vos bleus horizons,
Rasant les flots d'or des pliantes moissons.

La vache mugit sur votre pente douce,
Tant elle a d'herbage et d'odorante mousse,

Et comme au repos appelant le passant,
Le suit d'un regard humide et caressant.

Jamais les bergers pour leurs brebis errantes
N'ont trouvé tant d'eau qu'à vos sources courantes.

J'y rampai débile en mes plus jeunes mois,
Et je devins rose au souffle de vos bois.

Les bruns laboureurs m'asseyaient dans la plaine
Où les blés nouveaux nourrissaient mon haleine.

Albertine aussi, sœur des blancs papillons,
Poursuivait les fleurs dans les mêmes sillons;

Car la liberté toute riante et mûre
Est là, comme aux cieux, sans glaive, sans armure,

Sans peur, sans audace et sans austérité,
Disant : « Aimez-moi, je suis la liberté! »

O patrie absente! ô fécondes campagnes,
Où vinrent s'asseoir les ferventes Espagnes!

Antiques noyers, vrais maîtres de ces lieux,
Qui versez tant d'ombre où dorment nos aïeux!

Echos tout vibrants de la voix de mon père
Qui chantait pour tous : « Espère! espère! espère! »

Ce chant apporté par des soldats pieux,
Ardents à planter tant de croix sous nos cieux,

Tant de hauts clochers remplis d'airain sonore,
Dont les carillons les rappellent encore :

Je vous enverrai ma vive et blonde enfant,
Qui rit quand elle a ses longs cheveux au vent.

Parmi lès enfants nés à votre mamelle,
Vous n'en avez pas qui soit si charmant qu'elle!

Un vieillard a dit en regardant ses yeux :
« Il faut que sa mère ait vu ce rêve aux cieux ! »

En la soulevant par ses blanches aisselles,
J'ai cru bien souvent que j'y sentais des ailes !

Ce fruit de mon âme, à cultiver si doux,
S'il faut le céder, ce ne sera qu'à vous !

Du lait qui vous vient d'une source divine
Gonflez le cœur pur de cette frêle ondine.

Le lait jaillissant d'un sol vierge et fleuri
Lui paîra le mien qui fut triste et tari.

Pour voiler son front qu'une flamme environne,
Ouvrez vos bluets en signe de couronne :

Des pieds si petits n'écrasent pas les fleurs,
Et son innocence a toutes leurs couleurs.

Un soir, près de l'eau, des femmes l'ont bénie,
Et mon cœur profond soupira d'harmonie.

Dans ce cœur penché vers son jeune avenir
Votre nom tinta prophète souvenir,

Et j'ai répondu de ma voix toute pleine
Au souffle embaumé de votre errante haleine.

Vers vos nids chantants laissez-la donc aller ;
L'enfant sait déjà qu'ils naissent pour voler.

Déjà son esprit, prenant goût au silence,
Monte où sans appui l'allouette s'élance,

Et s'isole, et nage au fond du lac d'azur,
Et puis redescend le gosier plein d'air pur.

Que de l'oiseau gris l'hymne haute et pieuse
Rende à tout jamais son âme harmonieuse !...

Que vos ruisseaux clairs, dont les bruits m'ont parlé,
Humectent sa voix d'un long rhythme perlé !...

Avant de gagner sa couche de fougère,
Laissez-la courir, curieuse et légère,

Au bois où la lune épanche ses lueurs
Dans l'arbre qui tremble inondé de ses pleurs,

Afin qu'en dormant sous vos images vertes,
Ses grâces d'enfant en soient toutes couvertes.

Des rideaux mouvants la chaste profondeur
Maintiendra l'air pur alentour de son cœur,

Et s'il n'est plus là, pour jouer avec elle,
De jeune Albertine à sa trace fidèle,

Vis-à-vis les fleurs qu'un rien fait tressaillir
Elle ira danser, sans jamais les cueillir,

Croyant que les fleurs ont aussi leurs familles
Et savent pleurer comme les jeunes filles.

Sans piquer son front, vos abeilles, là-bas,
L'instruiront, rêveuse, à mesurer ses pas ;

Car l'insecte armé d'une sourde cymbale
Donne à la pensée une césure égale.

Ainsi s'en ira, calme et libre et content,
Ce filet d'eau vive au bonheur qui l'attend ;

Et d'un chêne creux la Madone oubliée
La regardera dans l'herbe agenouillée.

Quand je la berçais, doux poids de mes genoux !
Mon chant, mes baisers, tout lui parlait de vous,

O champs paternels hérissés de charmilles
Où glissent, le soir, des flots de jeunes filles.

Que ma fille monte à vos flancs ronds et verts,
Et soyez béni, doux point de l'univers!

LA FIANCÉE DU VEUF

Épouse aujourd'hui fortunée,
Pour l'épouse aux cieux retournée
Pourquoi pleurez-vous à genoux?
Qu'a-t-elle besoin de prière?
Au sein de son Dieu, de son père,
C'est elle qui pleure sur nous.

ONDINE A L'ÉCOLE

Vous entriez, Ondine, à cette porte étroite,
Quand vous étiez petite, et vous vous teniez droite;
Et quelque long carton sous votre bras passé
Vous donnait on ne sait quel air grave et sensé
Qui vous rendait charmante. Aussi, votre maîtresse
Vous regardait venir, et fière avec tendresse,
Opposant votre calme aux rires triomphants,
Vous montrait pour exemple à son peuple d'enfants;
Et du nid studieux l'harmonie argentine
Poussait à votre vue : « Ondine! Ondine! Ondine! »
Car vous teniez déjà votre palme à la main,
Et l'ange du savoir hantait votre chemin.

Moi, penchée au balcon qui surmontait la rue,
Comme une sentinelle à son heure accourue,
Je poursuivais des yeux mon mobile trésor,
Et disparue enfin je vous voyais encor.
Vous entraîniez mon âme avec vous, fille aimée,
Et je vous embrassais par la porte fermée.
Quel temps! De tous ces jours d'école et de soleil
Qui hâtaient la pensée à votre front vermeil,
De ces flots de peinture et de grâce inspirée,
L'âme sort-elle heureuse, ô ma douce lettrée?
Dites, si quelque femme avec votre candeur
En passant par la gloire est allée au bonheur?...

Oh! que vous me manquiez, jeune âme de mon âme!
Quel effroi de sentir s'éloigner une flamme
Que j'avais mise au monde, et qui venait de moi,
Et qui s'en allait seule: Ondine! quel effroi!

Oui, proclamé vainqueur parmi les jeunes filles,
Quand votre nom montait dans toutes les familles,
Vos lauriers m'alarmaient à l'ardeur des flambeaux:
Ils cachaient vos cheveux que j'avais faits si beaux!
Non, voile plus divin, non, plus riche parure
N'a jamais d'un enfant ombragé la figure.

Sur ce flot ruisselant qui vous gardait du jour

Le poids d'une couronne oppressait mon amour.

Vos maîtres étaient fiers et moi j'étais tremblante ;

J'avais peur d'attiser l'auréole brûlante,

Et, troublée aux parfums de si précoces fleurs,

Vois-tu, j'en ai payé l'éclat par bien des pleurs.

Comprends tout.... J'avais vu tant de fleurs consumées !

Tant de mères mourir, de leur amour blâmées !

Ne sachant bien qu'aimer, je priais Dieu pour vous,

Pour qu'il te gardât simple et tendre comme nous ;

Et toi tu souriais, intrépide à m'apprendre

Ce que Dieu t'ordonnait, ce qu'il fallait comprendre.

Muse, aujourd'hui, dis-nous dans ta pure candeur

Si Dieu te l'ordonnait, du moins, pour ton bonheur ?

INÈS

JE ne dis rien de toi, toi, la plus enfermée,
Toi, la plus douloureuse, et non la moins aimée!
Toi, rentrée en mon sein, je ne dis rien de toi
Qui souffres, qui te plains, et qui meurs avec moi!

Le sais-tu maintenant, ô jalouse adorée,
Ce que je te vouais de tendresse ignorée?
Connais-tu maintenant, me l'ayant emporté,
Mon cœur qui bat si triste et pleure à ton côté?

1850.

ELLE ALLAIT S'EMBARQUER ENCORE

Où vas-tu, fille chérie?
Quelle nouvelle patrie
Entre la terre et les cieux,
Loin de mon aile qui casse
Offre à ton vol tant d'espace
Qu'il te dérobe à mes yeux?

Prends garde, jeune adorée,
Qui de ma vie ulcérée
Otes la plus chère fleur!
Prends garde que ton courage
Ne te soit dans un autre âge
Payé par une douleur!

Car ton courage a des armes
Puissantes contre mes larmes
Qui ne peuvent te parler ;
Mais les larmes d'une mère
Suivent d'une trace amère
L'enfant qui les fait couler.

O jeune âme, ô jeune fille,
Qu'attire une autre famille,
Mon souvenir t'y suivra.
Elle t'offre l'abondance,
L'éclat et l'indépendance,
Mais l'amour y manquera.

L'amour, ce ciment des âmes,
Ce pur anneau de deux flammes
Qui luttent contre le vent,
Loin que l'absence l'altère,
Là-bas où finit la terre
Rejoint la mère à l'enfant !

LA VOIX PERDUE

(Ma fille INÈS)

La jeune fille.

MA mère, entendez-vous, quand la lune est levée,
L'oiseau qui la salue en veillant sa couvée ?
Ne fait-il pas rêver les arbres endormis ?
Pourquoi chante-t-il seul ! Il n'a donc pas d'amis ?

La mère.

Il en a ! Des bannis il soulage la route ;
Dans tous ces nids couchés on le bénit sans doute.
Il parle à quelque mère humble et pareille à moi,
A quelque enfant sauvage et charmant comme toi.

La jeune fille.

Que je l'aime ! Avec nous que je voudrais le prendre !
Tout ce qu'il chante à Dieu que je voudrais l'apprendre !

Lui, s'il voulait venir, heureux dans notre amour,
Nous lui ferions aimer le monde et le grand jour.

La mère.

Il mourrait. Son destin est d'être solitaire ;
De jeter ses sanglots, libre, entre ciel et terre ;
D'attacher sa compagne, humble et pareille à moi,
A son doux nid sauvage et charmant comme toi.

On a dit qu'autrefois, au sein d'une famille,
Il vécut sous un front brûlant de jeune fille.
Cet être harmonieux aimait l'ombre et les fleurs ;
Nul ne pouvait l'entendre et retenir ses pleurs.
Rossignol, il chantait aux errantes étoiles ;
Jeune fille, il pleurait, dérobé sous ses voiles.

La jeune fille.

Et la mère ?

La mère.

Etait tendre et fière autant que moi
De son enfant sauvage et charmant comme toi.

La jeune fille.

Après ?...

La mère.

De ce front pâle où frissonnaient ses ailes
L'oiseau voulait sortir et s'envoler par elles.
Un jour, forçant le voile où gémissait sa voix,
Il emporta le timbre et s'enfuit dans les bois.

La jeune fille.

Après ?...

La mère.

L'enfant rêveur n'aima plus qu'en silence,
Cherchant toujours le saule où l'oiseau se balance.

La jeune fille.

Et la mère ?

La mère.

Suivit, tendre et pareille à moi,
Son doux enfant muet et charmant comme toi !

LA MÈRE QUI PLEURE

J'AI presque perdu la vue
A suivre le jeune oiseau
Qui, du sommet d'un roseau,
S'est élancé vers la nue.

S'il ne doit plus revenir,
Pourquoi m'en ressouvenir ?

Bouquet vivant d'étincelles,
Il descendit du soleil,
Eblouissant mon réveil
Au battement de ses ailes.

S'il ne doit plus revenir,
Pourquoi m'en ressouvenir ?

Prompt comme un ramier sauvage,
Après l'hymne du bonheur,
Il s'envola de mon cœur,
Tant il craignait l'esclavage!

S'il ne doit plus revenir,
Pourquoi m'en ressouvenir?

De tendresse et de mystère
Dès qu'il eut rempli ces lieux,
Il emporta vers les cieux
Tout mon espoir de la terre!

S'il ne doit plus revenir,
Pourquoi m'en ressouvenir?

Son chant que ma voix prolonge
Plane encor sur ma raison,
Et dans ma triste maison
Je n'entends chanter qu'un songe.

S'il ne doit plus revenir,
Pourquoi m'en ressouvenir?

Le jour ne peut redescendre
Dans l'ombre où son vol a lui,

Et pour monter jusqu'à lui
Mes ailes ont trop de cendre.

S'il ne doit plus revenir,
Pourquoi m'en ressouvenir ?

Comme l'air qui va si vite,
Sois libre, ô mon jeune oiseau !
Mais que devient le roseau,
Quand son doux chanteur le quitte !

S'il ne doit plus revenir,
Pourquoi m'en ressouvenir?

A UNE MÈRE QUI PLEURE AUSSI

Qui sait si votre enfant qui flotte dans vos larmes,
Dont votre cœur profond nourrit les jeunes charmes
(Seul cœur qui de l'oubli le sauve et le défend),
N'a pas, au seuil de Dieu, rencontré mon enfant?

Qui sait si leurs mains d'ange, un moment réunies,
N'ont pas pesé là-haut nos peines infinies,
Et, pleurant de l'amour qu'on leur garde en ce lieu,
N'ont pas compté nos pleurs pour les offrir à Dieu?

Qui sait! Je sais au moins qu'en vous voyant, Madame,
Une tendre nouvelle a rafraîchi mon âme,
Comme si mon enfant, puissante avec douceur,
A mon deuil éternel amenait une sœur.

Si c'est sa volonté, qu'elle soit accomplie!...
Rien ne relèvera notre destin qui plie.
Mais dans le deuil d'amour qui vient de nous lier,
Apprenons qu'il est doux de ne pas oublier!

DEUX MÈRES

A Caroline Branchu

Une femme pleurait des pleurs d'une autre femme ;
Elles ont leurs secrets qu'elles plaignent toujours.
Celle qui regardait reconnaissait son âme :
Aux plus tendres, dit-on, les plus tristes amours !
L'enfant s'était enfui du toit de la plus pâle ;
Le père avait crié : « Qu'il ne revienne pas ! »
Et la mère, essayant ce ton sévère et mâle,
S'efforçait de crier : « Qu'il ne revienne.... » hélas !

L'autre saisit ses mains, commandant le silence,
Comme on fait au malade aigri qui veut mourir ;
Puis, soulageant ce cœur frappé d'un coup de lance,
Lui dit ces mots sans art pour l'aider à guérir :

9

Lorsque Dieu descend sur la terre,
Il se cache au cœur d'une mère.

En regardant rouler nos flots,
Penché sur ce monde qu'il aime,
Jésus, triste au fond du ciel même,
Retrouve ses divins sanglots.

Alors, s'il revient sur la terre,
Il se cache au cœur d'une mère.

Lorsque par un volage enfant
Une tendre femme offensée
N'ose dire qui l'a blessée,
C'est que Jésus le lui défend :

Car il est toujours sur la terre
Caché dans le cœur d'une mère.

L'enfant par le monde égaré
Revient-il, tout las de ses charmes,
Un cœur plein d'amour et de larmes
Se rouvre au transfuge adoré.

Car Jésus l'attend sur la terre,
Caché dans le cœur d'une mère.

Durant ce doux conseil que buvait sa douleur,
L'écouteuse essuyait deux larmes incessantes;
Elle voyait l'espoir passer dans son malheur ;
Elle voyait la mer aux vagues blanchissantes ;
Elle voyait l'enfant emporté sur les flots,
Et la foi dans son sein refoulait ses sanglots.
Au bord de son oreille elle entendait : « Courage ! »
Alors elle ceignit son manteau de voyage,
Et ses longs yeux de mère, interrogeant les cieux,
Demandèrent sa route aux vents silencieux.

Il se fit un grand calme au fond de sa blessure;
On eût dit qu'on l'aidait, tant sa marche était sûre;
Et, se laissant glisser sous la pluie et le vent,
Elle jeta son âme au Dieu de son enfant :

    — « Quand les autres m'ont accablée,
    Seigneur, vous m'avez consolée !
    Je marcherai donc devant moi,
    Pleine d'amour, pleine de foi ;
    L'orage est en vain sur ma tête,
    Vous me parlez dans la tempête;
    Elle menace et Dieu défend :
    Dieu ! guidez-moi vers mon enfant.

« Vous êtes le soutien des mères,
Le vengeur des larmes amères ;
On m'a dérobé mon trésor,
Mais vous me le gardez encor.
Dieu ! vous en êtes le seul maître,
Et vous le ferez bien connaître :
Par votre foi qui me défend,
Dieu ! guidez-moi vers mon enfant ! »

Et plus tard l'autre mère à sa fenêtre assise
Tressaillit tout à coup d'une sainte surprise :
Elle voyait venir, en lui tendant la main,
Une humble voyageuse empressée au chemin.

Sous une tiède lune aux errants favorable,
Lui montrant de ses pleurs le salaire adorable ;
Car un manteau de bure entr'ouvert par le vent
Abritait embrassés la mère avec l'enfant !

De Boulogne, au bord de la mer.

L'AME ERRANTE

JE suis la prière qui passe
Sur la terre où rien n'est à moi ;
Je suis le ramier dans l'espace,
Amour, où je cherche après toi.
Effleurant la route féconde,
Glanant la vie à chaque lieu,
J'ai touché les deux flancs du monde,
Suspendue au souffle de Dieu.

Ce souffle épura la tendresse
Qui coulait de mon chant plaintif
Et répandit sa sainte ivresse
Sur le pauvre et sur le captif.

Et me voici louant encore
Mon seul avoir, le souvenir,
M'envolant d'aurore en aurore
Vers l'infinissable avenir.

Je vais au désert plein d'eaux vives
Laver les ailes de mon cœur,
Car je sais qu'il est d'autres rives
Pour ceux qui vous cherchent, Seigneur!
J'y verrai monter les phalanges
Des peuples tués par la faim,
Comme s'en retournent les anges,
Bannis, mais rappelés enfin....

Laissez-moi passer, je suis mère;
Je vais redemander au sort
Les doux fruits d'une fleur amère,
Mes petits volés par la mort.
Créateur de leurs jeunes charmes,
Vous qui comptez les cris fervents,
Je vous donnerai tant de larmes
Que vous me rendrez mes enfants!

FOI

TRISTESSE

Au docteur VEYNE

Si je pouvais trouver un éternel sourire,
Voile innocent d'un cœur qui s'ouvre et se déchire,
Je l'étendrais toujours sur mes pleurs mal cachés
Et qui tombent souvent par leur poids épanchés.

Renfermée à jamais dans mon âme abattue,
Je dirais : « Ce n'est rien » à tout ce qui me tue,
Et mon front orageux, sans nuage et sans pli,
Du calme enfant qui dort peindrait l'heureux oubli.

Dieu n'a pas fait pour nous ce mensonge adorable.
Le sourire défaille à la plaie incurable :
Cette grâce mêlée à la coupe de fiel,
Dieu mourant l'épuisa pour l'emporter au ciel.

Adieu, sourire, adieu jusque dans l'autre vie,
Si l'âme du passé n'y peut être suivie ;
Mais si de la mémoire on ne doit pas guérir,
A quoi sert, ô mon âme, à quoi sert de mourir !

REFUGE

IL est du moins au-dessus de la terre
Un champ d'asile où monte la douleur;
J'y vais puiser un peu d'eau salutaire
Qui du passé rafraîchit la couleur.
Là seulement ma mère encor vivante
Sans me gronder me console et m'endort;
O douce nuit, je suis votre servante :
Dans votre empire on aime donc encor !

Non, tout n'est pas orage dans l'orage;
Entre ses coups, pour desserrer le cœur,
Souffle une brise, invisible courage,
Parfum errant de l'éternelle fleur !

Puis c'est de l'âme une halte fervente,
Un chant qui passe, un enfant qui s'endort.
Orage, allez ! je suis votre servante :
Sous vos éclairs, Dieu me regarde encor !

Béni soit Dieu puisqu'après la tourmente,
Réalisant nos rêves éperdus,
Vient des humains l'infatigable amante
Pour démêler les fuseaux confondus !
Fidèle mort ! si simple, si savante !
Si favorable au souffrant qui s'endort !
Me cherchez-vous ? Je suis votre servante :
Dans vos bras nus l'âme est plus libre encor !

RETOUR DANS UNE ÉGLISE

Eglise ! église où de mon âme,
Moitié de pleurs, moitié de flamme,
Et prompt comme l'eau de la mer,
Coula le flot le plus amer ;

Eglise où ma jeunesse blonde,
Craintive ensemble et vagabonde,
Attirée aux chants du saint lieu,
N'accourait pas toute vers Dieu !

Eglise où chaque dalle usée,
D'un tendre poids scandalisée,
Dénonça deux ans, jour par jour,
Des pas que rejoignait l'amour !

Eglise où mon heure allait vite
Pour rencontrer à l'eau bénite
Une autre âme que j'y voyais,
Une main qu'ailleurs je fuyais !

Eglise vainement austère,
Où le doux encens de la terre,
Ruisselant sur mes longs cheveux,
Egarait le cours de mes vœux ;

Eglise où mon humble famille,
Moins morte aux soupirs de sa fille,
Planait sur mon sort combattu
Et criait dans l'air : « Que veux-tu ? »

Le savais-je, ô Dieu de mon père !
Où va-t-on vers ce qu'on espère ?
Où fuit-on l'ombre de ses pas ?...
Dieu ! savais-je où l'on n'aime pas !

Dieu des larmes, le sais-je encore ?
Je n'ai su qu'un mal qui dévore,
Un mal dont on n'ose souffrir,
Ni vivre, ô mon Dieu, ni mourir.

Eglise, église, ouvrez vos portes
Et vos chaînes douces et fortes
Aux élancements de mon cœur
Qui frappe à la grille du chœur.

Ouvrez ! Je ne suis plus suivie
Que par moi-même et par la vie
Qui fait chanceler sous son poids
Mon âme et mon corps à la fois.

Ouvrez ! Je suis triste et blessée,
Seule sous mon aile abaissée ;
Il n'est plus de pas sur mes pas,
Ni d'âme qui me parle bas.

Ouvrez à mon sort sans patrie,
Flottant comme une algue flétrie ;
Des deux voix tendres d'autrefois,
Vous n'entendrez plus qu'une voix !

AU CITOYEN RASPAIL

Comme l'ardent mineur ensevelit sous terre
De ses yeux patients les rayons purs et chauds,
Brûle ta lampe au ciel, martyr humanitaire,
Toi dont le laurier d'or croît au fond des cachots.
Quand ressuscitera ta jeunesse engloutie,
Tes radieux regards plongeant dans l'avenir,
Rallumés au soleil de l'immense *patrie*,
Heureux d'avoir pleuré, n'auront plus qu'à bénir.

QUAND JE PENSE A MA MÈRE

Ma mère est dans les cieux, les pauvres l'ont bénie ;
Ma mère était partout la grâce et l'harmonie.

Jusque sur ses pieds blancs, sa chevelure d'or
Ruisselait comme l'eau, Dieu ! j'en tressaille encor !

Et quand on disait d'elle : « Allons voir la Madone, »
Un orgueil m'enlevait, que le ciel me pardonne !

Ce tendre orgueil d'enfant, ciel ! pardonnez-le-nous :
L'enfant était si bien dans ses chastes genoux !

10

C'est là que j'ai puisé la foi passionnée
Dont sa famille errante est toute sillonnée.

Mais jamais ma jeune âme en regardant ses yeux,
Ses doux yeux même en pleurs, n'a pu croire qu'aux cieux!

Et quand je rêve d'elle avec sa voix sonore,
C'est au-dessus de nous que je l'entends encore.

Oui, vainement ma mère avait peur de l'enfer,
Ses doux yeux, ses yeux bleus n'étaient qu'un ciel ouvert.

Oui, Rubens eût choisi sa beauté savoureuse
Pour montrer aux mortels la vierge bienheureuse.

Sa belle ombre qui passe à travers tous mes jours,
Lorsque je vais tomber me relève toujours.

Toujours, entre le monde et ma tristesse amère,
Pour m'aider à monter je vois monter ma mère!

Ah! l'on ne revient pas de quelque horrible lieu,
Et si tendre, et si mère, et si semblable à Dieu!

On ne vient que d'en-haut, si prompte et si charmante,
Apaiser son enfant dont l'âme se lamente.

Et je voudrais lui rendre aussi l'enfant vermeil
La suivant au jardin sous l'ombre et le soleil ;

Ou, couchée à ses pieds, sage petite fille,
La regardant filer pour l'heureuse famille.

Je voudrais, tout un jour oubliant nos malheurs,
La contempler vivante au milieu de ses fleurs !

Je voudrais, dans sa main qui travaille et qui donne,
Pour ce pauvre qui passe aller puiser l'aumône.

Non, Seigneur ! sa beauté, si touchante ici-bas,
De votre paradis vous ne l'exilez pas !

Ce soutien des petits, cette grâce fervente
Pour guider ses enfants si forte, si savante,

Vous l'avez rappelée où vos meilleurs enfants
Respirent à jamais de nos jours étouffants.

Mais moi je la voulais pour une longue vie
Avec nous et par nous honorée et suivie,

Comme un astre éternel qui luit sans s'égarer,
Que des astres naissants suivent pour s'éclairer.

Je voulais jour par jour, adorante et naïve,
Vous contempler, Seigneur, dans cette clarté vive....

Elle a passé! Depuis, mon sort tremble toujours,
Et je n'ai plus de mère où s'attachent mes jours.

LES SANGLOTS

A Pauline Duchambge

Ah ! l'enfer est ici ; l'autre me fait moins peur :
Pourtant le purgatoire inquiète mon cœur.

On m'en a trop parlé pour que ce nom funeste
Sur un si faible cœur ne serpente et ne reste ;

Et quand le flot des jours me défait fleur à fleur,
Je vois le purgatoire au fond de ma pâleur.

S'ils ont dit vrai, c'est là qu'il faut aller s'éteindre,
O Dieu de toute vie, avant de vous atteindre !

C'est là qu'il faut descendre et sans lune et sans jour,
Sous le poids de la crainte et la croix de l'amour,

Pour entendre gémir les âmes condamnées,
Sans pouvoir dire : « Allez, vous êtes pardonnées ! »

Sans pouvoir les tarir, ô douleur des douleurs !
Sentir filtrer partout les sanglots et les pleurs ;

Se heurter dans la nuit des cages cellulaires
Que nulle aube ne teint de ses prunelles claires ;

Ne savoir où crier au sauveur méconnu :
« Hélas ! mon doux Sauveur, n'étiez-vous pas venu ? »

Ah ! j'ai peur d'avoir peur, d'avoir froid ; je me cache
Comme un oiseau tombé qui tremble qu'on l'attache.

Je rouvre tristement mes bras au souvenir.....
Mais c'est le purgatoire et je le sens venir !

C'est là que je me rêve après la mort menée,
Comme une esclave en faute au bout de sa journée,

Cachant sous ses deux mains son front pâle et flétri,
Et marchant sur son cœur par la terre meurtri.

C'est là que je m'en vais au devant de moi-même,
N'osant y souhaiter rien de tout ce que j'aime.

Je n'aurai donc plus rien de charmant dans le cœur
Que le lointain écho de leur vivant bonheur.

Ciel ! où m'en irai-je
Sans pieds pour courir ?
Ciel ! où frapperai-je
Sans clef pour ouvrir ?

Sous l'arrêt éternel repoussant ma prière,
Jamais plus le soleil n'atteindra ma paupière

Pour l'essuyer du monde et des tableaux affreux
Qui font baisser partout mes regards douloureux.

Plus de soleil ! Pourquoi ? Cette lumière aimée
Aux méchants de la terre est pourtant allumée.

Sur un pauvre coupable à l'échafaud conduit,
Comme un doux : « Viens à moi ! » l'orbe s'épanche et luit.

Plus de feu nulle part ! Plus d'oiseaux dans l'espace !
Plus d'Ave Maria dans la brise qui passe.

Au bord des lacs taris plus un roseau mouvant,
Plus d'air pour soutenir un atome vivant.

Ces fruits que tout ingrat sent fondre sous sa lèvre,
Ne feront plus couler leur fraîcheur dans ma fièvre ;

Et de mon cœur absent qui viendra m'oppresser
J'amasserai les pleurs sans pouvoir les verser.

Ciel ! où m'en irai-je
Sans pieds pour courir ?
Ciel ! où frapperai-je
Sans clef pour ouvrir ?

Plus de ces souvenirs qui m'emplissent de larmes,
Si vivants que toujours je vivrais de leurs charmes ;

Plus de famille au soir assise sur le seuil,
Pour bénir son sommeil chantant devant l'aïeul;

Plus de timbre adoré dont la grâce invincible
Eût forcé le néant à devenir sensible!

Plus de livres divins comme effeuillés des cieux,
Concerts que tous mes sens écoutaient par mes yeux.

Ainsi, n'oser mourir quand on n'ose plus vivre,
Ni chercher dans la mort un ami qui délivre!

O parents! pourquoi donc vos fleurs sur nos berceaux,
Si le ciel a maudit l'arbre et les arbrisseaux?

   Ciel! où m'en irai-je
   Sans pieds pour courir?
   Ciel! où frapperai-je
   Sans clef pour ouvrir?

Sans la croix qui s'incline à l'âme prosternée,
Punie après la mort du malheur d'être née!

Mais quoi, dans cette mort qui se sent expirer,
Si quelque cri lointain me disait d'espérer !

Si dans ce ciel éteint quelque étoile pâlie
Envoyait sa lueur à ma mélancolie !

Sous ces arceaux tendus d'ombre et de désespoir,
Si des yeux inquiets s'allumaient pour me voir !

Ah ! ce serait ma mère intrépide et bénie
Descendant réclamer sa fille assez punie !

Oui ! ce sera ma mère ayant attendri Dieu,
Qui viendra me sauver de cet horrible lieu

Et relever au vent de la jeune espérance
Son dernier fruit tombé, mordu par la souffrance.

Je sentirai ses bras si doux, si beaux, si forts,
M'étreindre et m'enlever dans ses puissants efforts ;

Je sentirai couler dans mes naissantes ailes
L'air pur qui fait monter les libres hirondelles,

Et ma mère, en fuyant pour ne plus revenir,
M'emportera vivante à travers l'avenir !

Mais avant de quitter les mortelles campagnes,
Nous irons appeler des âmes pour compagnes ;

Au fond du champ funèbre où j'ai mis tant de fleurs,
Nous abattre aux parfums qui sont nés de mes pleurs ;

Et nous aurons des voix, des transports et des flammes,
Pour crier : « Venez-vous ! » à ces dolentes âmes.

« Venez-vous vers l'été qui fait tout refleurir,
Où nous allons aimer sans pleurer, sans mourir !

« Venez, venez voir Dieu ! Nous sommes ses colombes ;
Jetez-là vos linceuls, les cieux n'ont plus de tombes ;

« Le sépulcre est rompu par l'éternel amour :
Ma mère nous enfante à l'éternel séjour ! »

Que mon nom ne soit rien qu'une ombre douce et vaine;
Qu'il ne cause jamais ni l'effroi ni la peine;
Qu'un indigent l'emporte après m'avoir parlé
Et le garde longtemps dans son cœur consolé!

UNE NUIT DE MON AME

Par un rêve dont la flamme
Eclairait mes yeux fermés,
La nuit emporta mon âme
Où dorment nos morts aimés.
Sous ma fervente lumière
Le sol tressaille et se fend,
Et je ressaisis ma mère
Qui renaît pour son enfant!

« Tu viens donc ! » dit la chère ombre
Dont la voix m'ouvre le cœur;
« Tu sais donc qu'en ce lieu sombre
Tout spectre attend le bonheur?

Viens, ne crains pas leur silence
Ni leurs yeux ouverts sans voir,
Le sommeil qui les balance
N'a de vivant que l'espoir.

L'espoir, ô ma bien-aimée,
Sève qui remonte à Dieu,
Vigne errante et parfumée
Qui fleurit, même en ce lieu ;
L'espoir, cette étreinte immense
Qui joint tous les univers,
Ne sens-tu pas qu'il commence
D'unir au moins nos revers ?

Comme aux chaleurs d'une serre
L'homme fait germer ses fleurs,
Le trépas qui nous enserre
Ici fait germer nos cœurs.
A travers le dernier voile
Tendu sur l'autre avenir,
Nous voyons la double étoile
De l'aube et du souvenir.

Que de sources éternelles
Dans ces lointains toujours beaux !

Que d'arbres aux fleurs nouvelles
Sur ces routes sans tombeaux !
Vois que d'immortelles vies
Te recevront avec moi :
Vois que de mères suivies
D'enfants aimés comme toi !

Sous une forme reprise
Et qui nous ressemblera,
Avec un cri de surprise
Chacun se reconnaîtra.
« Quoi, c'est lui ! c'est toi ! c'est elle! »
Retentira de partout,
Et l'on proclamera belle
La mort vivante et debout !

Jette donc loin tes colères
Contre d'innocents ingrats ;
Le flambeau dont tu t'éclaires
Te voit si tendre en mes bras.
Cesse d'essayer la haine,
Faite pour la mépriser :
C'est perdre à river ta chaîne
La force de la briser.

Adieu, fille de mes larmes,
Revue à force d'amour,
Quand le temps rompra ses armes,
Tu me suivras au grand jour.
A ton épreuve asservie,
Va plaindre les plus souffrants,
Et pour gagner l'autre vie,
Retourne avec les mourants. »

L'ombre alors pressa ma lèvre
D'un baiser lent et profond,
Qui d'une indicible fièvre
Fait encor battre mon front.
Montez, mon humble courage,
Sous les insultes du sort :
J'irai plus haut que l'orage
Dans les ailes de la mort !

LES PRISONS ET LES PRIÈRES

PLEUREZ : comptez les noms des bannis de la France ;
L'air manque à ces grands cœurs où brûle tant d'espoir.
Jetez la palme en deuil au pied de leur souffrance,
Et passons : les geôliers seuls ont droit de les voir !
Passons : nos bras pieux sont sans force et sans armes ;
Nous n'allons point traînant de fratricides vœux ;
Mais, femmes, nous portons la prière et les larmes,
Et Dieu, le Dieu du peuple en demande pour eux.
Voyez vers la prison glisser de saintes âmes ;
Salut! vous qui cachez vos ailes ici-bas ;
Sous vos manteaux mouillés et vos pâleurs de femmes,
Que de cendre et de boue ont entravé vos pas !
Salut! vos yeux divins rougis de larmes vives

11

Reviennent se noyer dans ce monde étouffant ;
Vous errez, comme alors, au Jardin des Olives ;
Car le Christ est en peine et Judas triomphant.
Oui, le Christ est en peine ; il prévoit tant de crimes !
Lui dont les bras cloués ont brisé tant de fers !
Il revoit dans son sang nager tant de victimes,
Qu'il veut mourir encor pour fermer les enfers !
Courez, doux orphelins, montez dans la balance ;
Priez pour les méchants qui vivent sans remords ;
Rachetez les forfaits des pleurs de l'innocence,
Et dans un flot amer lavez nos pauvres morts !
Et nous, n'envoyons plus à des guerres impies
Nos fils adolescents et nos drapeaux vainqueurs ;
Avons-nous amassé nos pieuses charpies
Pour les baigner du sang le plus pur de nos cœurs ?
Pitié ! nous n'avons plus le temps des longues haines :
La haine est basse et sombre ; il fait jour ! il fait jour !
O France ! il faut aimer, il faut rompre des chaînes,
Ton Dieu, le Dieu du peuple a tant besoin d'amour !

LA COURONNE EFFEUILLÉE

J'IRAI, j'irai porter ma couronne effeuillée
Au jardin de mon père où revit toute fleur ;
J'y répandrai longtemps mon âme agenouillée :
Mon père a des secrets pour vaincre la douleur.

J'irai, j'irai lui dire, au moins avec mes larmes :
« Regardez, j'ai souffert. . . . » Il me regardera,
Et sous mes jours changés, sous mes pâleurs sans charmes,
Parce qu'il est mon père il me reconnaîtra.

Il dira : « C'est donc vous, chère âme désolée!
La terre manque-t-elle à vos pas égarés ?
Chère âme, je suis Dieu : ne soyez plus troublée;
Voici votre maison, voici mon cœur, entrez! »

O clémence! ô douceur! ô saint refuge! ô Père!
Votre enfant qui pleurait vous l'avez entendu!
Je vous obtiens déjà, puisque je vous espère
Et que vous possédez tout ce que j'ai perdu.

Vous ne rejetez pas la fleur qui n'est plus belle,
Ce crime de la terre au ciel est pardonné.
Vous ne maudirez pas votre enfant infidèle,
Non d'avoir rien vendu, mais d'avoir tout donné.

RENONCEMENT

Pardonnez-moi, Seigneur, mon visage attristé,
Vous qui l'aviez formé de sourire et de charmes ;
Mais sous le front joyeux vous aviez mis les larmes,
Et de vos dons, Seigneur, ce don seul m'est resté.

C'est le moins envié, c'est le meilleur peut-être :
Je n'ai plus à mourir à mes liens de fleurs.
Ils vous sont tous rendus, cher auteur de mon être,
Et je n'ai plus à moi que le sel de mes pleurs.

Les fleurs sont pour l'enfant, le sel est pour la femme ;
Faites-en l'innocence et trempez-y mes jours.
Seigneur, quand tout ce sel aura lavé mon âme,
Vous me rendrez un cœur pour vous aimer toujours !

Tous mes étonnements sont finis sur la terre,
Tous mes adieux sont faits, l'âme est prête à jaillir ;
Pour atteindre à ses fruits, protégés de mystère,
Que la pudique mort a seule osé cueillir.

O Sauveur ! soyez tendre au moins à d'autres mères,
Par amour pour la vôtre et par pitié pour nous !
Baptisez leurs enfants de nos larmes amères
Et relevez les miens tombés à vos genoux.

ENFANTS ET JEUNES FILLES

POUR ENDORMIR L'ENFANT

Ah ! si j'étais le cher petit enfant
Qu'on aime bien, mais qui pleure souvent,
    Gai comme un charme,
    Sans une larme,
J'écouterais chanter l'heure et le vent....
(Je dis cela pour le petit enfant.)

Si je logeais dans ce mouvant berceau,
Pour mériter qu'on m'apporte un cerceau,
    Je serais sage
    Comme une image,
Et je ferais moins de bruit qu'un oiseau....
(Je dis cela pour l'enfant du berceau.)

Ah ! si j'étais notre blanc nourrisson,
Pour qui je fais cette belle chanson,
　　　Tranquille à l'ombre,
　　　Comme au bois sombre,
Je rêverais que j'entends le pinson. . . .
(Je dis cela pour le blanc nourrisson.)

Ah ! si j'étais l'ami des blancs poussins
Dormant entre eux, doux et vivants coussins,
　　　Sans que je pleure,
　　　J'irais sur l'heure
Faire chorus avec ces petits saints. . . .
(Je dis cela pour l'ami des poussins.)

Si le cheval demandait à nous voir,
Riant d'aller nager à l'abreuvoir,
　　　Fermant le gîte,
　　　Je crîrais vite :
« Demain l'enfant pourra vous recevoir. . . .»
(Je dis cela pour l'enfant qu'il vient voir.)

Si j'entendais les loups hurler dehors,
Bien défendu par les grands et les forts,
　　　Fier comme un homme
　　　Qui fait un somme,

Je répondrais : « Passez, Messieurs, je dors !... »
(Je dis cela pour les loups du dehors.)

On n'entendit plus rien dans la maison,
Ni le rouet, ni l'égale chanson ;
      La mère ardente,
      Fine et prudente,
Fit l'endormie auprès de la cloison,
Et suspendit tout bruit dans la maison.

(Sur une mélodie allemande.)

SELON DIEU

MÈRE, un cheval est à la porte :
Il demande la charité.
— Vite, du foin; qu'on le lui porte;
Il en sera réconforté.

Cheval, dis à Dieu, notre maître,
Qu'avec joie et sans te connaître,
Et nourris de sa charité,
Nous t'avons bien réconforté.

Mère, un ramier est à la porte :
Il demande la charité.
— J'ai là du blé, qu'on le lui porte;
Il en sera réconforté.

Ramier, dis à Dieu, notre maître,
Qu'avec joie et sans te connaître,
Et nourris de sa charité,
Nous t'avons bien réconforté.

Mère, un enfant est à la porte :
Il demande la charité.
— Tout notre lait, qu'on le lui porte;
Il en sera réconforté.

Enfant, dis à Dieu, notre maître,
Qu'avec joie et sans te connaître,
Et nourris de sa charité,
Nous t'avons bien réconforté.

Mère, un vieillard est à la porte :
Il demande la charité.
— Du vin, du vin, qu'on le lui porte ;
Il en sera réconforté.

Vieillard, dis à Dieu, notre maître,
Qu'avec joie et sans te connaître,
Et nourris de sa charité,
Nous t'avons bien réconforté.

Mère, un coupable est à la porte :
Il demande la charité.
— Ce manteau blanc, qu'on le lui porte ;
Nous l'aurons réhabilité.

Ami, dis à Dieu, notre maître,
Qu'avec joie et sans te connaître,
Et brûlants de sa charité,
Nous t'avons réhabilité.

AUX NOUVEAU-NÉS HEUREUX

Petits enfants heureux, que vous savez de choses
       En naissant !
On dirait qu'on entend s'entreparler des roses
Et que vous racontez votre ciel au passant.

Vos rires sont vainqueurs en buvant de vos mères
       Le doux lait,
Vous qui ne sentez pas que des larmes amères
Coulent dans ce nectar tiède et blanc qui vous plaît.

Ah ! c'est pourtant ainsi, mes charmants camarades,
       Mais buvez !
La source où vous puisez d'abondantes rasades
Ne peut vivre et courir qu'autant que vous vivez.

Buvez ! délectez-vous sans labeur et sans honte,
            Car un jour
Le sort, qui reprend tout, vous demandera compte
De ce lait qu'une mère offre avec tant d'amour !

Buvez ! en étreignant cette femme penchée
            Sur son fruit ;
C'est la vigne céleste à la terre attachée,
Dont la sève s'épanche éternelle et sans bruit.

AUX NOUVEAU-NÉS PARTIS

Vous qui n'avez jamais parlé
Dans notre monde désolé,
N'apprenez pas la langue austère
Ni les durs sanglots de la terre.

Envolez-vous; mais, par pitié,
De nos pleurs portez la moitié
Dans le manteau bleu de la Vierge,
Et nous brûlerons un beau cierge
Au pied de votre blanc berceau,

12

Pour que l'arbre et son arbrisseau
Revivent aux montagnes pures,
Loin des autans, loin des souillures,

Loin de ce monde désolé,
Où vous n'avez jamais parlé.

LE PETIT MÉCONTENT

MÈRE, je veux crier et faire un grand tapage.
Comment, je ne peux pas tous les jours être sage!
Non, mère, c'est trop long tous les jours, tous les jours!
Le monsieur l'a bien dit : « Rien ne dure toujours.»
Tant mieux! je vais m'enfuir et crier comme George.
Qui m'en empêchera?
         — Personne. A pleine gorge,
Vous pouvez, cher ami, vous donner ce régal.
Mais vous serez malade....
         — Oh! cela m'est égal :
George ne meurt jamais.
         — George afflige sa mère.
Un enfant mal appris est une joie amère.

— Je reviendrai t'aimer.

              — M'aimer sans m'obéir ?

Déserter ton devoir, enfant, c'est me trahir.

Je crains, moi, qu'avant peu personne ne vous aime,

Et vous vous ferez peur tout seul avec vous-même.

— Non ! George n'a pas peur dans le cabinet noir.

Il dit que c'est tout brun comme quand c'est le soir ;

Pas plus. Et puis il chante à travers la serrure ;

Il se moque des grands, il fait le coq, il jure.

C'est brave de chanter sans jour et sans flambeau !

Je veux être méchant pour voir.

                      — Ce sera beau !

— Je veux être grondé : gronde donc.

                    —Pourquoi faire ?

Vous me faites pitié.

               — Je suis las de me taire !

J'ai cassé mon cheval ; j'ai mis de l'encre à tout ;

Regarde ma figure !

                  — Oui, c'est laid jusqu'au bout.

Mais qui vous a donné ce faux air de courage ?

Hier encor, priant Dieu qu'il vous rendît bien sage,

Vous vouliez ressembler à notre vieux cousin.

— Je n'avais pas été chez le petit voisin.

Il bat des pieds très-bien quand on le contrarie ;

Il ne dit pas bonjour, même quand on l'en prie !...

Ah! ah! c'est qu'on est fier d'être mis en prison!

— Beaucoup de grands enfants y perdent la raison.

Pour leurs mères surtout c'est une triste gloire!

Restez libre et soumis, si vous voulez m'en croire.

Moi, je n'ai point de cage où mettre mon enfant;

Pas même les oiseaux, mon cœur me le défend.

Vous n'obtiendrez de moi ni prison, ni colère,

Et j'attendrai, de loin, que le temps vous éclaire.

— De loin?

         — Battez des pieds, poussez des cris affreux,

Devenez comme George un petit malheureux,

Vous en aurez la honte au grand jour.

               — Quelle honte?

George rit; je rirai. . . .

          — Nous voici loin de compte.

Si vous ne craignez pas de rougir devant Dieu,

Il faudra, mon enfant, bientôt nous dire adieu.

A vivre sans honneur, moi, je ne puis prétendre,

Et si vous n'étiez pas ma gloire la plus tendre,

A la mère de George il faudrait ressembler.

— Oh! non, ressemble-toi!

             — Son sort me fait trembler.

Loin de la saluer, quand cette femme passe,

On se détourne d'elle, on lui fait de l'espace,

On va de porte en porte en chuchotant tout bas:

«Elle a gâté son fruit, ne la saluons pas ! »

Le fruit accuse l'arbre, et l'on juge, et le blâme

Tombera sur la mère et non sur la jeune âme

Qu'elle a laissé corrompre. On est plein de rigueur.

— Que dit-on de la dame?

                  — On dit qu'elle est sans cœur.

Voyez comme elle est triste au fond de sa faiblesse!

Le monde la méprise et son enfant la blesse!

O mère humiliée en votre unique amour,

Je vous plaignis souvent : me plaindrez-vous un jour?

— Pardon!... je ne veux pas te voir humiliée....

Pardon! pardon! Je veux que tu sois saluée!

Mère, je serai bon comme le vieux cousin!

Mère, je n'irai plus chez le petit voisin ! »

La mère tressaillit dans une vive étreinte ;

L'enfant ne cria plus ; il fut bon sans contrainte.

Et quand on saluait cette mère en chemin,

Il rougissait de joie et lui serrait la main !

LE PETIT BRUTAL

J'AI vu bien des enfants mal éclos dans ma vie;
J'en ai tant vu, tant vu que les yeux m'en font mal!
Mais ils valaient de l'or près du petit brutal
Qui, de ne pas l'aimer, me donnerait l'envie.

Il faut aimer pourtant : que faire de son cœur?
Quand il serait encor plus hardi, plus moqueur,
Il faut, en le grondant, lui faire une caresse
Et le changer peut-être à force de tendresse.

Gronder n'est pas si beau.

     — « Viens donc, mon pauvre enfant,

Ma raison te pardonne et mon cœur te défend.

La malice est un dard que l'indulgence émousse.

Bonjour! Prends cette orange.. Elle est mûre, elle est douce;

Fais-en ce que tu veux; je la gardais pour toi :

Un jour, pour quelque enfant tu feras comme moi.

Tu ne dis pas merci?

     — Non.

      — Pourquoi donc?

        — Je mange.

— Et tu ne m'aimes pas un peu?

      — J'aime l'orange.

— Tu n'es pas dans ton tort. Mais poursuis ton chemin;

Sois libre comme l'air.

     — Je t'aimerai demain.

— Je le sais mieux que toi, ton regard me l'assure;

Comme un petit serpent tu guéris ta morsure.

— Je n'aime pas le grand qui me fait de grands yeux,

. . . .

Et qui lève toujours sa canne sur ma tête.

C'est un laid, c'est un noir, c'est une grosse bête!

Quand il sera petit et que je serai grand,

Nous verrons!

    — Ne peux-tu l'éviter en courant,

Et le laisser partir sans que tu te déranges ?

On se distrait d'ailleurs en mangeant des oranges.

C'est si bon d'être bon, d'être gai, franc, loyal,

Et d'être pardonné quand on a fait le mal !

Dieu m'a traitée ainsi lorsque j'étais méchante :

Cette bonté toujours me rend bonne et m'enchante !

— Vous avez donc crié ?

                        — Tais-toi, c'était affreux !

Et les petits enfants se regardaient entre eux.

J'arrachais les fruits verts, je marchais sur les roses ;

Je faisais, comme toi, de très-vilaines choses.

Et l'on me détestait.

              — C'est drôle !

                      — C'est bien plus,

C'est bête, et l'on s'en moque aux livres que j'ai lus.

Lis-tu beaucoup ?

            — Jamais ! Je déchire la page.

Quand vous étiez méchante, aimiez-vous le tapage ?

— A t'en donner l'horreur. Tu verras !

                       — Je verrai.

— Viens, nous en causerons comme amis.

                       — Je viendrai,

Mais quand ?

          — A la belle heure avec toi reparue.

— Ah ! c'est que j'ai beaucoup d'affaires dans la rue !

— Ne te gêne donc pas et viens quand tu voudras.
Je me confesserai : toi, tu me jugeras. »

Il vint et, de lui-même ouvrant d'un coup la porte,
Il y passait sa tête aimable ou non, n'importe,
Et tenté par un charme, une histoire, un doux fruit,
Il oubliait de battre et de faire du bruit.

LE NUAGE ET L'ENFANT

L'ENFANT disait au nuage :
« Attends-moi jusqu'à demain,
Et par le même chemin
Nous nous mettrons en voyage.

« Toi, sous tes belles lueurs ;
Moi, dans les champs pleins de fleurs,
Sur le cheval de mon père :
Nous irons vite, j'espère !

« Je m'y tiens bien, tu verras !
J'y monte seul à la porte ;
Et quand mon père m'emporte,
Je n'ai pas peur dans ses bras.

« Quand il fait beau, comme un guide,
En tête il me fait asseoir ;
Toi, d'en haut tu pourrais voir
Comme je tiens bien la bride !

« Ah ! je voudrais d'ici là
Ne faire qu'une enjambée
Sur la nuit toute tombée,
Pour te dire : Me voilà !

« Mais je vais faire un beau rêve
Où je rêverai de toi ;
Jusqu'à ce que Dieu l'achève,
Ami nuage, attends-moi !»

*

Comme il jetait les paroles
De ses espérances folles,
Le nuage décevant
Glissait, poussé par le vent.

Pourtant le bambin sautille,
L'oiseau chante, l'eau scintille,
Et l'écho lui sonne au cœur :
« Demain ! demain ! quel bonheur ! »

Enfin le soleil se couche
Et son baiser qui le touche
D'un voile ardent clôt ses yeux
Qu'il tenait ouverts aux cieux.

Près de rentrer chez sa mère,
Au voyageur éphémère
L'enfant veut parler encor,
Mais le beau fantôme d'or

N'est plus qu'une vapeur grise
Qu'avec un cri de surprise
L'enfant, qu'il vient d'éblouir,
Voit fondre et s'évanouir.

Au cri de la petite âme,
S'est élancée une femme
Qui, le voyant sauf et sain,
Boudeur l'emporte à son sein.

Plaintif, le mignon s'y cache,
Déclarant ce qui le fâche,
Que, sans son bel étranger,
Il ne veut plus voyager !

« Si tu chéris les nuages,
Mon amour, pour les voyages
Le temps en aura toujours ;
Il en passe tous les jours.

— Ce ne sera plus le même ;
Celui-là, mère, je l'aime ! »
Dit l'enfant, puis il pleura....
Et la femme soupira.

Juin 1848.

OUVREZ AUX ENFANTS

Les enfants sont venus vous demander des roses,
    Il faut leur en donner.
— Mais les petits ingrats détruisent toutes choses....
    — Il faut leur pardonner.

Tout printemps est leur fête et tout jardin leur table ;
    Qu'ils prennent à loisir !
Ils nous devront, du moins, souvenir délectable !
    D'avoir eu du plaisir.

Demain nous glanerons les roses répandues,
    Trésor du jardin vert ;
Ces haleines d'été ne seront pas perdues
    Pour embaumer l'hiver.

Ouvrez donc aux enfants qui demandent des roses,
  Il faut leur en donner ;
Et si l'instinct les pousse à briser toutes choses,
  Il faut leur pardonner !

LA PRIÈRE DES ORPHELINS

Voix d'enfants, ô voix qui chantez,
Dites-nous vers qui vous montez ?

— « Nous cherchons Dieu qui nous rassemble,
Dieu qui nous donna votre appui,
Et pour arriver jusqu'à lui
Nous mêlons nos souffles ensemble.
Dieu ! qui soutenez le roseau,
Dieu qui donnez l'aile à l'oiseau,
Donnez l'âme à notre prière
Pour qu'elle monte à vous, mon père ! »

13

Voix d'enfants, ô voix qui pleurez,
Dites-nous qui vous implorez ?

— « Nous pleurons pour l'enfant sans mère
Que nous voyons errer là-bas ;
Nous voulons un guide à ses pas,
Un refuge à sa vie amère.
Dieu, qui soutenez le roseau,
Dieu, qui donnez l'aile à l'oiseau,
Donnez l'âme à notre prière
Pour qu'elle vous plaise, ô mon père ! «

Voix sans audace et sans frayeur,
Que demandez-vous au Seigneur ?

— « Le doux pardon, l'amour immense,
Pour le prisonnier palpitant,
Pour le coupable repentant,
Et pour les méchants en démence.
Dieu, qui soutenez le roseau,
Dieu qui donnez l'aile à l'oiseau,
Donnez l'âme à notre prière
Pour qu'elle monte à vous, mon père ! »

Voix d'enfants, dites-nous encor
Où s'en va votre tendre essor?

— «Il s'en va plus haut que l'orage
Chercher les saintes charités.
Un oiseau nous a dit : « Chantez ! »
Un roseau nous a dit : « Courage! »
Dieu ! qui soutenez le roseau,
Dieu ! qui donnez l'aile à l'oiseau,
Donnez l'âme à notre prière
Pour qu'elle vous plaise, ô mon père ! »

Voix d'enfants, priez donc pour nous,
Car l'innocence est avec vous!

— « Dieu juste, écartez les alarmes
Des heureux qui donnent toujours !
Donnez-leur autant de beaux jours
Qu'ils nous ont épargné de larmes !
Dieu, qui soutenez le roseau,
Dieu, qui donnez l'aile à l'oiseau,
Donnez l'âme à notre prière
Pour qu'elle vous touche, ô mon père ! »

A M. DUBOIS

Directeur de l'hôpital de Douai

SA PETITE FILLE

LÈVE sur tes genoux ta plus petite fille,
Père! j'ai quelque chose à cacher dans ton cœur :
J'ai prié ce matin pour toute la famille,
　　En priant Dieu pour ton bonheur.

Regarde ce bouquet : c'est là qu'est le mystère.
Pour le rendre plus cher à ton cœur généreux,
On l'a noué des noms de tous les malheureux
　　Que tu consoles sur la terre.

LA GRANDE PETITE FILLE

MAMAN! comme on grandit vite!
Je suis grande, j'ai cinq ans!
Eh bien, quand j'étais petite,
J'enviais toujours les grands.

Toujours, toujours à mon frère,
S'il venait me secourir,
Même quand j'étais par terre,
Je disais : « Je veux courir! »

Ah! c'était si souhaitable
De gravir les escaliers!
A présent, je dîne à table ;
Je danse avec mes souliers!

Et ma cousine Mignonne,
A qui j'apprends à parler,
Du haut des bras de sa bonne
Boude, en me voyant aller.

Pauvre enfant ! Qu'elle est gentille
Quand elle pleure après moi !
J'en fais ma petite fille ;
Je la baise comme toi,

Lorsque, me voyant méchante,
Tu chantais pour me calmer.
Je la calme aussi ; je chante
Pour la forcer de m'aimer.

Et puis, maman, je suis forte,
Bon papa te le dira.
Son grand fauteuil, à la porte,
Sais-tu qui le roulera ?

Moi ! c'est sur moi qu'il s'appuie
Quand son pied le fait souffrir ;
C'est moi qui le désennuie
Quand il dit : « Viens me guérir ! »

O maman, je te regarde
Pour apprendre mon devoir,
Et c'est doux d'y prendre garde
Puisque je n'ai qu'à te voir.

Quand j'aurai de la mémoire,
C'est moi qui tiendrai la clé,
Veux-tu, de la grande armoire
Où le linge est empilé ?

Nous la polirons nous-mêmes
De cire à la bonne odeur ;
O maman, puisque tu m'aimes,
Je suis sage avec ardeur !

Nous ferons l'aumône ensemble
Quand tes chers pauvres viendront.
Un jour, si je te ressemble,
Maman ! comme ils m'aimeront !

Je sais ce que tu vas dire ;
Tous tes mots, je m'en souviens.
Là, j'entends que ton sourire
Dit : « Viens m'embrasser ! » Je viens !

L'ENFANT AU MIROIR

A Mⁱˡᵉ EMILIE BASCANS

Si j'étais assez grande,
　　Je voudrais voir
L'effet de ma guirlande
　　Dans le miroir.
En montant sur la chaise,
　　Je l'atteindrais ;
Mais sans aide et sans aise,
　　Je tomberais.

La dame plus heureuse,
　　Sans faire un pas,
Sans quitter sa causeuse,
　　De haut en bas

Dans une glace claire,
        Comme au hasard,
Pour apprendre à se plaire
        Jette un regard.

Ah! c'est bien incommode
        D'avoir huit ans!
Il faut suivre la mode
        Et perdre un temps!...
Peut-on aimer la ville
        Et les salons!
On s'en va si tranquille
        Dans les vallons!

Quand ma mère qui m'aime
        Et me défend,
Et qui veille elle-même
        Sur son enfant,
M'emporte où l'on respire
        Les fleurs et l'air,
Si son enfant soupire,
        C'est un éclair!

Les ruisseaux des prairies
        Font des psychés

Où, libres et fleuries,
Les fronts penchés,
Dans l'eau qui se balance,
Sans nous hausser,
Nous allons en silence
Nous voir passer.

C'est frais dans le bois sombre,
Et puis c'est beau
De danser comme une ombre
Au bord de l'eau !
Les enfants de mon âge,
Courant toujours,
Devraient tous au village
Passer leurs jours !

LA JEUNE PENSIONNAIRE

Ah! je suis inconsolable
D'avoir perdu mon ruban !
Ma chère, il était semblable
Aux rouleaux de mon volant.
Celui-ci, bien qu'adorable,
Regarde, est d'un autre blanc !...

On a bien raison de dire :
« Les chagrins sont près de nous. »
Pas un cœur qui ne soupire
Du sort méchant et jaloux.
Tu ris.... Ne me fais pas rire !
Pourtant, ce serait bien doux !

Mais je suis inconsolable
D'avoir perdu mon ruban ;
Ma chère, il était semblable
Aux rouleaux de mon volant.
Celui-ci, bien qu'adorable,
Regarde, est d'un autre blanc.

Mise hier comme une fée,
Au bras de mon frère Henri,
D'un coup de vent décoiffée,
J'entre, et chacun pousse un cri.
J'étais toute ébouriffée :
Juge si nous avons ri !

Mais je suis inconsolable
D'avoir perdu mon ruban ;
Ma chère, il était semblable.
Aux rouleaux de mon volant.
Celui-ci, bien qu'adorable,
Regarde, est d'un autre blanc.

La joie est dans notre école,
Mais toujours le bonheur ment !
Tiens, c'est un oiseau qui vole !

Moi, j'irai Dieu sait comment....
Que ne suis-je un peu frivole
Au moins pour danser gaîment!

Mais je suis inconsolable
D'avoir perdu mon ruban;
Ma chère, il était semblable
Aux rouleaux de mon volant.
Celui-ci, bien qu'adorable,
Regarde, est d'un autre blanc.

Si j'étais moins désolée,
Nous redirions notre pas....
Pourtant, avant l'assemblée,
Chantons et valsons tout bas.
Suis-moi! je suis envolée!
C'est enchanteur, n'est-ce pas!...

Mais je suis inconsolable
D'avoir perdu mon ruban;
Ma chère, il était semblable
Aux rouleaux de mon volant.
Celui-ci, bien qu'adorable,
Regarde, est d'un autre blanc!

LES DANSES DE LORMONT [1]

OURSUIVANT les nuées
De nos chansons,
De main en main nouées,
Dansons! dansons!

Nous sommes de Lormont les blanches demoiselles;
La brise nous soulève et nous porte en avant;
On dirait qu'à nos pieds la danse met des ailes
Pour nous jeter au vent!

[1] Les coteaux de Lormont en face de Bordeaux.

Poursuivant les nuées
De nos chansons,
De main en main nouées,
Dansons ! dansons !

Avec sa grande voix la mer nous accompagne ;
La mer, qui bat la grève et qui rompt les roseaux,
En nous voyant d'en bas planer sur la montagne,
    Nous prend pour des oiseaux.

Poursuivant les nuées
De nos chansons,
De main en main nouées,
Dansons ! dansons !

Allez, la mer ! Allez, navire enflé de voiles ;
La danse vous salue au fond de vos couleurs !
Allez ! pour vous pousser vers les bonnes étoiles,
    Nous vous jetons des fleurs.

Poursuivant les nuées
De nos chansons,
De main en main nouées,
Dansons ! dansons !

Regardez, regardez la montagne enflammée !
C'est Lormont qui s'allume au coucher du soleil.
Regardez sur son front tourner la ronde aimée,
Comme un cercle vermeil.

Poursuivant les nuées
De nos chansons,
De main en main nouées,
Dansons ! dansons !

1859

LA PETITE PLEUREUSE A SA MÈRE

On gronde l'enfant
A qui l'on défend
De pleurer quand bon lui semble;
On dit que les fleurs
Sèchent bien des pleurs....
Tu mêles donc tout ensemble?

Oui, maman, je t'ai vue avec ton air joyeux,
Le rire sur la bouche et les larmes aux yeux.

Au bal, sous ses bouquets, j'ai vu pleurer ma mère.
J'ai baisé cette larme, elle était bien amère.

14

Viens que je te console. Avais-tu trop dansé ?
Moi, je ne gronde pas ! Moi, quand mon pied lassé
    Me défend d'être bien aise,
      L'ennui qui me prend
      M'arrête en courant,
    Et je m'endors sur ma chaise.

Oh ! si je viens encor pleurer sur tes genoux,
Maman, ne me dis plus : « Vous n'êtes pas gentille ! »
Dansons quand nous pouvons, ou pleurons entre nous,
Mais ne nous grondons pas : vois-tu, je suis ta fille,
Et je t'aime, et je vais prier Dieu tous les jours
De m'égayer beaucoup pour t'égayer toujours !
Embrasse donc bien fort ta petite chérie,
Et jamais, plus jamais ne dis : « Vous » ... je t'en prie !
Ainsi consolons-nous et donnons-nous la main :
Si nous pleurons ce soir, va ! nous rirons demain !

L'OISEAU

L'oiseau.

Bonjour, la jeune fille !
Que fais-tu dans mon bois ?
Es-tu de ma famille ?
On dirait qu'autrefois
J'ai chanté dans ta voix. . . .

Moi, je nais. Vite, vite,
De la mousse, un berceau ;
Il faut que je m'acquitte,
Par ce temps clair et beau,
De mes devoirs d'oiseau.

La jeune fille.

Bonjour, oiseau! Je pense
Me reconnaître ici;
Mais les fleurs, mais la danse
Me tiennent en souci....
J'ai mes devoirs aussi!

Danser, chanter, et vivre,
On n'en vient pas à bout.
Croit-on que sans un livre
On n'apprend rien du tout?
Pour moi j'apprends partout!

L'oiseau.

Bravo, la jeune fille!
Viens souvent dans mon bois;
Nous vivrons en famille,
Chantant tous à la fois
Avec la même voix.

Voler de fête en fête
Sous les cieux éclatants,
C'est à fendre la tête;
Et l'on n'a pas le temps
De jouir du printemps!

LA DANSE DE NUIT

Ah ! la danse ! la danse
Qui fait battre le cœur !
C'est la vie en cadence
Enlacée au bonheur !

Accourez, le temps vole ;
Saluez, s'il vous plaît ;
L'orchestre a la parole
Et le bal est complet.

Oh! la danse! la danse
Qui fait battre le cœur!
C'est la vie en cadence
Enlacée au bonheur!

Sous la lune voilée
Quand brunissent les bois,
Chaque fête étoilée
Jette lumière et voix.

Oh! la danse! la danse
Qui fait battre le cœur!
C'est la vie en cadence
Enlacée au bonheur!

Les fleurs plus embaumées
Rêvent qu'il fait soleil,
Et nous, plus animées,
Nous n'avons pas sommeil!

Oh! la danse! la danse
Qui fait battre le cœur!
C'est la vie en cadence
Enlacée au bonheur!

Flamme et musique en tête,
Enfants, ouvrez les yeux,
Et frappez, à la fête,
Vos petits pieds joyeux!

Oh! la danse! la danse
Qui fait battre le cœur!
C'est la vie en cadence
Enlacée au bonheur!

Ne renvoyez personne!
Tout passant dansera;
Et bouquets ou couronne,
Tout danseur choisira!

Oh! la danse! la danse!
Qui fait battre le cœur!
C'est la vie en cadence
Enlacée au bonheur!

Sous la nuit et ses voiles
Que nous illuminons,
Comme un cercle d'étoiles,
Tournons en chœur, tournons!

Oh! la danse! la danse
Qui fait battre le cœur!
C'est la vie en cadence
Enlacée au bonheur!

LE FANEUR ET L'ENFANT

Le faneur.

EH! pourquoi pleures-tu? ta colombe était vieille...

L'enfant.

Vieille!

Le faneur.

Elle allait perdant les ailes et les yeux;
Elle ne trouvait plus son chemin vers les cieux,
    Ni le froment de sa corbeille.
Il fallait la porter dans l'arbre au grand soleil,
Lui puiser l'eau du jour, la nourrir graine à graine;
Elle avait toujours froid et se traînait à peine
    De l'hiver à l'été vermeil.

L'enfant.

Ma colombe !...

Le faucur.

Ah ! má foi, ta colombe est guérie.
Elle nous rendait sourds à force de gémir.
Elle avait fait son temps. Toi, tu pourras dormir
    Ou gambader par la prairie.
    Va courir, va ! Sèche tes pleurs !

L'enfant.

Hier elle essayait de me tendre les ailes.

Le faucur.

Hier n'est plus. L'air bleu fourmille d'étincelles,
    Et les buissons sentent les fleurs.

L'enfant.

Le monde est tout changé!

Le faucur.

Le monde va de même ;
Pourquoi ne prends-tu pas ce qu'il met devant toi?

Pourquoi lui demander ce qu'il n'a plus? Pourquoi
Pleurer un vieil oiseau?

L'enfant.

Je l'aime.

Le faneur.

Viens en chercher un autre; il en pleut dans les blés.
On marche sur des nids, puis on en trouve encore.
Dieu le veut : des oiseaux sont toujours près d'éclore
Quand les oiseaux sont envolés.
Viens voir dans les sillons!...

L'enfant.

Non, j'attends ma colombe.
Ma colombe viendra tous les soirs, tous les jours.
Elle était ma colombe, et je la veux toujours !
Vois-tu ce tas de fleurs? c'est sa petite tombe ;
J'y reste.

Le faneur.

Pourquoi faire?

L'enfant.

Oh ! pour la voir venir.

Faneur, ne sais-tu pas que rien ne doit mourir?

Le faneur.

Ce serait beau, mais quoi!...

L'enfant.

Sois-en sûr! C'est mon père
Qui me dit de le croire et qui veut que j'espère.

Le faneur.

J'en vois voler vers nous....

L'enfant.

Adieu, faneur, adieu.

Le faneur.

Tu ne veux pas les prendre?

L'enfant (qui s'en va).

O ma colombe! ô Dieu!

LE CHIEN ET L'ENFANT

ENFANT, d'une pierre lancée
Ne blesse pas le chien courant!
Que savons-nous si la pensée
N'anime pas ce corps errant?
Peut-être un grand instinct le presse
Vers la prison qu'il sent là-bas....
Enfant, n'ayons qu'une caresse
Pour le chien qui ne nous mord pas!

Gardien de nos maisons ouvertes,
Sentinelle de vos berceaux,
C'est l'ami qui des tombes vertes
Visite les froids arbrisseaux.

Là, de son passé qui l'oppresse
A qui donc se plaint-il tout bas ?
Enfant, n'ayons qu'une caresse
Pour le chien qui ne nous mord pas.

Hôte de la pauvre chaumière
Où s'éteignent d'humbles vieillards,
De l'aveugle il est la lumière,
Eclairant ses mornes hasards.
Par sa vigilante tendresse,
Vois comme il avertit ses pas !
Enfant, n'ayons qu'une caresse
Pour le chien qui ne nous mord pas.

Si le glaive ardent de la guerre
Frappe son maître tout armé,
Si la sentence militaire
Brise un front qu'il a tant aimé,
Perçant la foule qui s'empresse,
Il fait pleurer les vieux soldats....
Enfant, n'ayons qu'une caresse
Pour le chien qui ne nous mord pas.

RENCONTRE D'UNE CHÈVRE ET D'UNE BREBIS

PARDON! n'est-ce pas vous que j'ai vue une fois ? »
      Dit, en faisant la révérence,
La chèvre à la brebis de chétive apparence,
      Liée et seule au bord d'un bois.

« Vous étiez, si c'est vous, si charmante et si folle
Qu'en vous voyant ainsi je n'osais vous parler.
J'accusais ma mémoire, et j'allais m'en aller
      Sans vous adresser la parole. »

Et la brebis, levant sa tête avec effort,
      Bêle ce sanglot de son âme :
— «Vous ne vous trompez pas; c'est... c'était moi, madame;
      Et me voilà !... voilà le sort.

« Quand j'étais blanche et rose, on m'a beaucoup parée.

Aux fêtes du printemps on m'habillait de fleurs ;

On me laissait brouter sur de tendres couleurs,

    Et je me croyais adorée.

« L'eau filtrant du rocher pour laver ma toison

    Ne semblait jamais assez claire ;

Oh ! madame, c'est doux ! oui, c'est si doux de plaire

    Qu'on n'en cherche pas la raison.

« Je dansais à la flûte, une couronne en tête ;

J'en faisais mon devoir et ma cour au pasteur.

Je buvais dans sa tasse, intrépide, sans peur,

    Et ses festins étaient ma fête.

« Tout changea. Le pasteur, las de m'être indulgent,

    Me fit traîner au sacrifice.

Toutefois un enfant me sauva du supplice

    Alors qu'on allait m'égorgeant.

« La pitié !... Je le crois, mais on m'ôta ma laine,

Ma sonnette d'argent, mes flots de rubans verts,

Ma liberté, ma part dans ce bel univers,

    Et le doux lait dont j'étais pleine.

« Je fus liée. . . . » ,— « Horreur ! Ah ! j'aurais tant mordu,
Tant bondi pour casser ma corde,
Tant bramé vers le ciel : A moi ! miséricorde !
Que mon droit m'eût été rendu.

« Aux cris de l'innocence il faut que Dieu réponde !
Oui, madame, on m'égorge : il doit me secourir.
Il doit me délier, moi, faite pour courir
Toutes les montagnes du monde ! »

Le nez de la brebis se baissa consterné.
Humble aux honneurs, douce au martyre,
Son cœur saigne et pourtant sa plainte se retire
De la chèvre au front étonné.

— « Quoi ! vous ne sautez pas contre un sort si funeste ?
Que votre haine est molle et lente à s'enflammer ! »
— « La haine corromprait le bonheur qui me reste. »
— « Hé, mon Dieu ! quel est donc votre bonheur ? » —
[« D'aimer. »

LES PROMENEURS

Pourquoi vous a-t-on mis ce casque sur la tête?
Allez-vous à la guerre ou bien dans les tournois?
Cet appareil grillé vous donne un air sournois.
Je vous ai vu moins laid dans nos jours de conquête.... »

« Mon Dieu ! » dit l'autre chien (c'était deux chiens errants,
Cherchant aux carrefours à distraire leur vie),
« Peut-on, quand on est chien, se mettre à son envie ?
Tout maître a son caprice et nous sommes aux grands.

« Nous leur appartenons de la queue aux oreilles ;
Ce qu'ils en font, c'est triste, et vous n'avez qu'à voir.
Ils ont raison pourtant puisqu'ils ont le pouvoir.
N'avez-vous pas subi des justices pareilles ?

« On est gai de naissance ; eh bien, on ne rit plus.
Les sens ainsi gênés ne trouvent plus leurs voies ;
Etouffer notre souffle est une de leurs joies ;
Ces faits contre nature, où les avions-nous lus ?

« Venez causer plus loin.... je crois qu'on nous regarde.
Nos maîtres si hautains sont lâches par moment.
On pourrait nous traiter comme un rassemblement
Et pour nous disperser faire venir la garde.

« Contre ce lourd bonnet qui n'est pas de mon goût
J'ai beaucoup aboyé, mais c'est comme qui chante.
Tout cadenas tient bon sous une main méchante !
Je ne peux plus toucher, mon frère, à rien du tout ! »

Durant cet entretien le plus libre s'arrête :
Un régal imprévu l'a séduit en marchant.
— « Voyez ! l'homme envers nous n'est pas toujours mé-
Il jette sur nos pas des vestiges de fête !   [chant ;

« Celui-ci, partagé, vous remettrait le cœur ;
Mais pour thésauriser nous n'avons point d'armoire.
Il faut vider les plats sans payer le mémoire ;
Nous sommes à la chasse et je me fais piqueur ! »

Il mourut, car la fête était empoisonnée.
O mémoire flottante ! O candeur des petits !
O perfides éveils d'incessants appétits !
O vie à tout propos dans ta fleur moissonnée !

L'empoisonneur sifflait, écorchant sans remords [sombre,
Le chien, bon pour des gants. Sous son casque, et plus
L'autre disait tout bas, trottant seul et dans l'ombre :
« Heureux les muselés !... mais plus heureux les morts ! »

POÉSIES DIVERSES

A M. BOUILLY

Ton nom au plus distrait donne de la mémoire,
Poëte! autant chéri qu'amoureux de la gloire.
Elle a rendu visite à chacun de tes jours,
Et t'a si bien aimé qu'on t'aimera toujours!

A MADAME ✳✳✳

QUE vous soyez pour tous la charité qui pleure,
Ou la Muse qui chante afin d'arrêter l'heure,
Ou la femme rêveuse au bord de son miroir,
Vous êtes toujours vraie et toujours belle à voir !

La beauté, n'est-ce pas, c'est le bonheur, Madame ?
Ainsi vous en avez plein les yeux et plein l'âme ;
Et sous vos blonds cheveux si j'ai surpris des pleurs,
C'est qu'il faut, n'est-ce pas, de la rosée aux fleurs ?

Oui, l'été sans la pluie incendîrait les roses.
Laissez donc faire au ciel qui fait bien toutes choses :
Pleurez, regardez-vous et chantez à la fois,
Car c'est pour nos douleurs que Dieu fit votre voix !

LE SOLEIL LOINTAIN

A Madame MARIE D'AGOULT

QUAND vous m'avez écrit tout ce que femme ou mère
        Ecrira de plus doux,
Je me plaignais, Madame, à cette vie amère :
        Je lui parlais de vous ;

De vous dont l'esprit pur, dont la grâce rêveuse,
        Dont les regards charmants
Ont versé leurs rayons sur moi, pâle couveuse
        D'immobiles tourments.

Triste, je demandais à la force voilée
        Qui nous plie à genoux,
Pourquoi, presque divine, ô jeune âme étoilée,
        Vous pleurez comme nous.

Elle aussi, lui disais-je, elle aussi, sous ses roses,
        Sous ses longs cheveux d'or,
A l'heure où le sommeil assoupit toutes choses,
        Demande si l'on dort!

Elle aussi, quand la lune argente sa fenêtre,
        Cherche son heure au ciel ;
Et quand tous les plaisirs semblent l'avoir fait naître,
        Dit que naître est cruel.

Pourquoi souffler en nous, argile sans pensée,
        La pensée et le jour,
Pour nous détruire ainsi, l'âme à tout coup blessée
        Par la mort et l'amour?

O vie! ô fleur d'orage! ô menace! ô mystère !
        O songe aveugle et beau!
Réponds : ne sais-tu rien en passant sur la terre
        Que ta route au tombeau?

— « Ingrate, a dit la vie, à qui donc l'espérance,
        Fruit divin de ma fleur?
Vous retournerez-vous vers un jour de souffrance,
        Dans l'éternel bonheur?

« Si vous n'entendez pas tant de voix éternelles,
        Que sert de vous parler ?
Vos pieds sont las, pliez ! Dieu vous mettra des ailes
        Et vous pourrez voler.

« De vos fronts consternés, mères inconsolables,
        Les cyprès tomberont,
Quand pour vous emmener, messagers adorables,
        Vos enfants descendront.

« Vos sanglots se perdront dans de longs cris de joie,
        Quand vous verrez la mort
Bercer aux pieds de Dieu son innocente proie,
        Comme un agneau qui dort.

« La mort, qui reprend tout, sauve tout sous ses ailes,
        Sa nuit couve le jour.
Elle délivre l'âme, et les âmes entre elles
        Savent que c'est l'amour ! »

Ainsi, Madame, allons ! L'augure a trop de charmes
        Pour n'être pas certain :
Allons ! et dans la nuit tournons nos yeux en larmes
        Vers le soleil lointain !

A MADEMOISELLE MARS

O fille de Molière ! ô voix de son génie !
Va rendre à ton auteur sa plus pure harmonie.
Mais si tu veux parfois redescendre en ce lieu,
Oh ! parle, parle encor, tu l'obtiendras de Dieu !

Rien ne t'a résisté, rien, pas même l'envie :
Honteuse, elle a pleuré quand tu quittas la vie.
Ah ! tout pleurait ! Ainsi, pour désarmer la mort,
Si tu veux nous revoir, oh ! parle, parle encor ! [1]

1 Mots de *Valérie*, prononcés par Mlle Mars avec son accent
inoubliable.

MADAME ÉMILE DE GIRARDIN

LA mort vient de frapper les plus beaux yeux du monde.
Nous ne les verrons plus qu'en saluant les cieux.
Oui, c'est aux cieux, déjà ! que leur grâce profonde
Comme un aimant d'espoir semble attirer nos yeux.

Belle étoile aux longs cils qui regardez la terre,
N'êtes-vous pas Delphine enlevée aux flambeaux,
Ardente à soulever le splendide mystère
Pour nous illuminer dans nos bruyants tombeaux ?

Sa grande âme ingénue avait peur de la joie.
Lucide et curieuse à l'égal des enfants,
Du long regard humide où le rire se noie,
Elle épiait les pleurs sous les fronts triomphants.

Albert Dürr l'avait vue à l'étude penchée,
Au monde intérieur où lui seul pénétrait,
Quand sa mélancolie éternelle et cachée
Dans un ange rêveur la peignit trait pour trait.

Son enfance éclata par un cri de victoire.
Lisant à livre ouvert où d'autres épelaient,
Elle chantait sa mère, elle appelait la gloire,
Elle enivrait la foule.... et les femmes tremblaient.

Et charmante, elle aima comme elle était : sans feinte,
Loyale avec la haine autant qu'avec l'amour.
Dans ses chants indignés, dans sa furtive plainte,
Comme un luth enflammé son cœur vibrait à jour.

Elle aussi, l'adorable! a gémi d'être née.
Dans l'absence d'un cœur toujours lent à venir,
Lorsque tous la suivaient pensive et couronnée,
Ce cœur, elle eût donné ses jours pour l'obtenir.

Oh! l'amour dans l'hymen! Oh! rêve de la femme!
O pleurs mal essuyés, visibles dans ses vers !
Tout ce qu'elle taisait à l'âme de son âme,
Doux pleurs, allez-vous-en l'apprendre à l'univers !

Elle meurt ! presque reine, hélas ! et presque heureuse,
Colombe aux plumes d'or, femme aux tendres douleurs ;
Elle meurt tout à coup d'elle-même peureuse,
Et, douce, elle s'enferme au linceul de ses fleurs.

O beauté ! souveraine à travers tous les voiles !
Tant que les noms aimés retourneront aux cieux,
Nous chercherons Delphine à travers les étoiles
Et son doux nom de sœur humectera nos yeux.

1855

MADAME HENRIETTE FAVIER

ATTIRÉ vers le ciel par d'invisibles charmes,
Son regard est serein, même à travers les larmes.
Elle monte, elle monte, et ne se souvient pas
De son aile blessée et traînante ici-bas.

Sous son anneau d'esclave et ses voiles de femme,
Laissant par le chemin déchirer sa belle âme,
Elle n'a rien trouvé de plus pur que sa foi;
Aussi Dieu la regarde et lui dit: « Viens à moi! »

Au plus humble, en passant, elle donne un sourire
Si limpide, si vrai qu'un enfant sait le lire;
On aspire à l'atteindre et l'on ne voudrait pas,
Elle montant si haut, l'admirer de trop bas.

LA ROSE EFFEUILLÉE

DE COWPER [1]

CETTE rose, ravie aux roses du jardin,
Par l'ondée orageuse avait été touchée.
On eût dit que des pleurs inondaient son beau sein,
Et sa tête charmante était pâle et penchée.

Moi, pour vous l'apporter dans ses vierges appas,
Je l'enlevai tremblante à sa verte patrie ;
Mais j'atteignis son cœur imprudemment, hélas !
Et je la vis tomber toute morte, ô Marie !

---

[1] On sait que cette rose était une jeune esclave qui mourut d'avoir été maltraitée.

J'en plaignis chaque feuille.... Inutile pitié !
Qu'importe au cœur brisé votre tardif hommage!
Ainsi tombe des fleurs la plus frêle moitié.
Chagrins silencieux, n'est-ce pas votre image?

Un jour de plus, Marie, elle eût brillé pour vous,
Par le divin secours d'une innocente adresse ;
Car le sourire encor peut renaître plus doux
Sous des pleurs qu'on essuie à force de tendresse.

A MA SŒUR CÉCILE

CACHE-LES dans ton cœur, toi, dont le cœur pardonne,
Ces bouquets imprudents qui fleurissaient en moi ;
C'est toute une âme en fleurs qui s'exhale vers toi ;
Aux autres, je l'entr'ouvre : à toi, je te la donne.

A MADAME DE TAV....

devenue aveugle

Tant de flamme a brûlé sa vue,
Tant de pleurs ont noyé ses yeux,
Qu'il s'est fait devant elle un voile, ombre imprévue,
Ne laissant que l'esprit dans la splendeur des cieux.

A GEORGES P....

tué près de son père en 184....

Son âge encor tenait à l'espérance....
L'enfant sait-il que naître c'est souffrir !
Le rêve pur de sa sainte ignorance
Parla de gloire, il voulut y courir.
Sans la sauver, il est mort pour la France :
Mourir ainsi, mon Dieu, c'est trop mourir.

LES FLEURS DE JEAN-PAUL

Sur un enfant.

SEMEZ sur lui des fleurs, des fleurs, jeunes pleureuses!
Il les emportera sur ses ailes heureuses.
De sa cage entr'ouverte il s'envole vivant :
Chantez! c'est aujourd'hui la fête de l'enfant!

A MLLE ISAURE PARTARRIEU

(Elle avait mis mon portrait parmi ses colombes.)

CALME et sainte maison par beaucoup enviée,
Où la colombe est seule en tout temps conviée,
Abritez mon image afin que le bonheur
D'un rayon, quelque part, touche mon front rêveur.

L'AMIE

QUAND mon ombre au soleil tremble seule et s'incline,
Quand je cherche des pas à l'entour de mes pas,
Quand j'écoute attentive, et que je dis tout bas :
« Personne ! » une jeune ombre éternelle, divine,
Se lève et me répond : « Me voici, Marceline!

« Ne dis jamais : Personne! où l'abandon te prend.
Si tu montes vers Dieu, je suis sur la colline ;
Si tu descends en pleurs, je descends en pleurant. »
— Et mon âme s'écrie : « Oh ! bonsoir, Albertine ! »

INVITATION A LA VALSE

L'AIR est brûlant, la valse tourne et vole,
Le cercle fuit et s'agrandit là-bas ;
Allons, Madame, on a votre parole,
On vous attend : ne valserez-vous pas ?

En paraissant vous êtes invitée,
Tous les regards ont besoin de vos yeux.
On a saisi votre main agitée
Et vous voilà jointe à l'essaim joyeux!

L'air est brûlant, la valse tourne et vole,
Le cercle fuit et s'agrandit là-bas ;
Allons, Madame, on a votre parole,
On vous attend : ne valserez-vous pas ?

Laissez vos fleurs sur les genoux des mères ;
Fleurs, danse et feu, c'est trop pour la raison.
Les chauds parfums des bouquets éphémères
Trop près du cœur se changent en poison.

L'air est brûlant, la valse tourne et vole,
Le cercle fuit et s'agrandit là-bas ;
Allons, Madame, on a votre parole,
On vous attend : ne valserez-vous pas ?

Valsez, planez comme les tourterelles
Planent le soir dans l'azur sombre et doux.
A votre essor on vous prendrait pour elles ;
A leur blancheur on les prendrait pour vous.

L'air est brûlant, la valse tourne et vole,
Le cercle fuit et s'agrandit là-bas ;
Allons, Madame, on a votre parole,
On vous attend : ne valserez-vous pas ?

L'ANGE ET LA COQUETTE

UNE église sans lumière
Sonne le salut du soir,
Et seule, avant la prière,
Une femme vient s'asseoir.
Brillante, peinte et pompeuse,
Que peut-elle avoir souffert ?
Rien. Cette femme est heureuse,
Mais elle a peur de l'enfer.

Dans l'ombre de la chapelle
Veille l'ange des pardons,
Et c'est le seul qu'elle appelle
Pour le séduire à ses dons :

— « N'apportez que vos alarmes,
Dit-il, tout cet or offert,
S'il n'est mouillé de vos larmes,
Ne sauve pas de l'enfer. »

— « Quoi, n'est-ce pas un mensonge?
Dit-elle avec plus d'effroi.
Oh! de ce terrible songe,
Bon ange, délivrez-moi!
Je sens, la nuit où tout change,
Sur mon cœur un poids de fer. »
— « Femme, ô femme! répond l'ange,
C'est donc là qu'est votre enfer. »

— « Oui, puisqu'on nous fait un crime
De nouer de tendres nœuds;
Puisqu'ils parlent d'un abîme
Où s'éteignent les doux yeux.
Faut-il haïr, pour leur plaire,
L'amour qui nous est offert? »
— « Non, dit l'ange sans colère,
L'amour vrai n'a pas d'enfer. »

— « Pour moi, sur plus d'un ménage
J'étendis mes fins réseaux;

Mortel fut mon voisinage
Aux femelles des oiseaux.
M'entendez-vous ? » — « Pas encore,
Dit l'ange au front découvert ;
Un mystère que j'ignore
Vous a fait peur de l'enfer. »

— « Mais... j'ai brisé tant de chaînes,
J'ai défait tant de serments,
Tant à des femmes trop vaines
Volé d'époux et d'amants !
Leurs pleurs célébraient mes charmes,
Et tant d'or me fut offert !...»
— « Eh ! bien, pour venger leurs larmes,
Vous aurez peur de l'enfer. »

L'AUMONE

TOUTE fleur bénit sur la terre
L'eau qui tombe pour la nourrir ;
L'aumône est l'eau qui désaltère :
Sois béni, toi qui peux l'offrir !

Fais tant et si souvent l'aumône
Qu'à ce doux travail occupé,
La mort te trouve et te moissonne
Comme un lis pour le ciel coupé.

LE VOISIN BLESSÉ

L'AUTRE nuit, le voisin qui pleure
Frappa pour me dire bonsoir :
« Dormez, voisin, ce n'est plus l'heure;
On n'y voit plus : il faut se voir.
Je suis, vous le savez, une pauvre orpheline;
Je n'ai d'autre gardien que la Vierge divine. »
Mais il reprit si tristement :
« Au pécheur Dieu donne un moment
De grâce avant le châtiment!... »

Il dit cela d'un ton si grave
Que sa voix me troubla le cœur,
Et qu'à ce blessé doux et grave
Je répondis, malgré ma peur :

« Vous avez votre mère, et moi, pauvre orpheline,
J'en vais demander une à la Vierge divine.
 Pourquoi dites-vous tristement :
 Au pécheur Dieu donne un moment
 De grâce avant le châtiment?... »

 « La grâce, c'est votre présence !
 Cria-t-il contre la cloison.
 Le châtiment, c'est votre absence,
 Et le ciel, c'est votre maison !
Je suis l'heureux voisin de la jeune orpheline
Qui demande une mère à la Vierge divine;
 C'est pourquoi je dis tristement :
 Au pécheur Dieu donne un moment
 De grâce avant le châtiment!

 « Car vous partez avec l'aurore,
 Et moi, blessé, je vais mourir....»
 — « Voisin, je ne pars pas encore,
 Et si l'on pouvait vous guérir....
Donnez-moi votre mère, et la pauvre orpheline
Ne demandera rien à la Vierge divine.
 Ne dites donc plus tristement :
 Au pécheur Dieu donne un moment
 De grâce avant le châtiment! »

OU VAS-TU ?

CESSE de m'apprendre
D'où vient la douleur ;
Pour le mieux comprendre
Change-t-on son cœur ?
J'ai le mal suprême
Sans bien l'exprimer ;
Tu sais pourquoi j'aime :
Moi, je sais aimer !

Tu saisis, tu charmes
Dans l'art de parler.
Mais moi, j'ai les larmes
Que tu fais couler.

17

Lorsque ta parole
Enchante ce lieu,
La mienne s'envole
Soupirer vers Dieu !

Laisse passer l'âme
Qui monte toujours ;
Laisse à toute flamme,
Comme à l'eau, son cours.
Quand me vint l'envie
Du ciel avec toi,
J'allais à la vie....
Où vas-tu sans moi ?

LES DEUX MARINIÈRES

Marina.

Vois-tu, si j'avais ta beauté,
Cousine, et sa fleur jeune et tendre,
Je me garderais bien d'attendre,
Seule dans ma fidélité.
Pour un marin qui trace l'onde
Au lieu de m'ennuyer au monde,
        Ma foi !
J'aurais plus de plaisirs que toi !

Laly Galine.

Tu crois donc que j'ai de l'ennui,
Cousine, en ma chambre fermée ?

J'y travaille toute charmée :
Est-on seule en pensant à lui ?
Tourner le dos à son image,
Mon Dieu, ce serait bien dommage!
Crois-moi!
Je suis bien moins seule que toi.

Marina.

Ton amant n'est qu'un matelot
Qui n'a rien à lui que son âme,
Fidèle au serment d'une femme
Autant que le vent l'est au flot!
Laly! je te le jure encore :
Si l'on m'aimait comme on t'adore,
Ma foi!
J'aurais plus de joyaux que toi!

Laly Galine.

Je prépare en filant mon lin
La toile de notre ménage,
Et je n'ai pour tout voisinage
Que mon Christ en papier vélin.
Puis, pour parer ma cheminée,

Sa barque qu'il a dessinée. ...
Crois-moi !
Je suis bien plus riche que toi.

Marina.

Ton lin ne dure pas toujours,
On se fait voir aux jours de fête,
On met des rubans sur sa tête,
Et l'on danse à d'autres amours !
Prends les rubans que l'on t'apporte. ...
Ah ! s'il en pleuvait à ma porte,
Ma foi !
J'aurais d'autres atours que toi !

Laly Galine.

Cousine, on ne fait pas son sort ;
Le mien est d'être une humble femme.
Les joyaux n'échauffent point l'âme,
Un cheveu qu'on aime est plus fort.
Sa chanson... tu sais bien laquelle ?
Je chante et je pleure avec elle.
Crois-moi !
Je chante plus souvent que toi.

Marina.

Eh bien, tu pleures trop souvent.
On te trouve déjà pâlie;
Moi, de peur d'être moins jolie,
Je jetterais la plume au vent.
Sous tes pieds tu mets ta fortune;
Si mes beaux yeux m'en donnaient une,
    Ma foi!
Je serais plus fine que toi!

Laly Galine.

Ma fortune? Il l'apportera.
Lorsque l'heure est toute sonnée,
Je suis moins lourde d'une année,
Car l'heure a dit : « Il reviendra! »
Va! quelque pauvre qu'il revienne
Et tende sa main vers la mienne,
    Crois-moi!
Nous serons plus heureux que toi!

Rochefort

LALY GALINE SEULE

ARDIN de ma fenêtre,
Ma seule terre à moi,
Avril t'a fait renaître....
N'est-il bon que pour toi ?
Tes fleurs moins chancelantes
Se reparlent tout bas,
Et moi, je sais deux plantes
Qu'il ne réunit pas !

Combien de jours de fête
Ont regardé mes pleurs
Sans relever ma tête
Pensive sur tes fleurs !

Mais celui qui fait l'heure
Compte mon temps amer;
Il voit dans ma demeure
Comme il voit dans la mer.

Ce soir une hirondelle
Qui revenait des cieux
A frôlé de son aile
Tes bouquets gracieux.
Ta fraîche palissade
A tremblé sous son cœur :
Vient-elle en ambassade
De la part du bonheur ?

Sans lune et sans étoile,
Quand la nuit teint les flots,
J'allume sous ton voile
Ma lampe aux matelots ;
Afin que l'humble flamme
Qui s'épuise ardemment
Comme un peu de mon âme
Attire mon amant.

Mais du port, si le phare
Mourait avant le jour,

Au marin qui s'égare
Montre au loin mon séjour.
Dis-lui qu'à ma fenêtre,
Toujours comme aujourd'hui,
Les fleurs qu'il a fait naître
S'illuminent pour lui.

Dans la nuit implorée
Qui le ramènera,
Vers ma vitre éclairée
Son âme montera.
Fais qu'après ma neuvaine,
Au bout d'un an perdu,
Ma lampe le ramène
A mes bras suspendu.

Rochefort

LES DEUX MARINIÈRES

Marina.

ENTENDS-TU le canon du fort
Pour le vaisseau qui rentre au port?
Mais, cousine, le capitaine
Tient l'équipage en quarantaine !
Viens voir de loin le bâtiment
Qui te ramène ton amant.

Laly Galine.

Laisse-moi reprendre mon cœur
Qui s'en va de joie et de peur.

J'avais rêvé cette nouvelle,
Mais vois ! je suis moins forte qu'elle....
C'est ma neuvaine au roi des cieux
Qui met de tels pleurs dans mes yeux.

Marina.

Tu me fais rire avec tes pleurs :
Prends plutôt dentelles et fleurs !
Prends et puisque Dieu te l'envoie,
Folle ! ne pleure pas de joie,
Car je sais que les amoureux
N'aiment pas qu'on pleure pour eux.

Laly Galine.

Que veux-tu ? Je suis faite ainsi,
Et parfois l'homme pleure aussi.
Il n'est pas plus fier que moi-même,
Cousine, et c'est pourquoi je l'aime.
Une larme sauve : autrement
On mourrait de saisissement.

Marina.

Allons ! viens, tu n'en finis pas !
Viens ! Tout le monde court là-bas

Au salut du canon qui roule.
Ton marin te croit dans la foule ;
C'est la lenteur qui fait mourir ;
Moi, mes pieds brûlent de courir.

Laly Galine.

Marina, laisse-moi m'asseoir. . . .
Je serai plus forte ce soir.
Il est là, j'ai le temps d'attendre ;
S'il parlait, on pourrait l'entendre !
Comme l'oiseau qui suit le vent,
Mon âme est allée en avant.

Marina.

Mon âme est partout où je cours,
Et je m'endors aux longs discours.
Ta vie est comme une prière
Qui craint le bruit et la lumière.
Pour moi, sans bruit et sans soleil,
Le temps serait un long sommeil.

Laly Galine.

Le soir sera beau, Marina,
Dans la barque qu'il dessina.

La nuit n'y sera plus amère....
Mais je veux embrasser ma mère !
Va chercher du bruit pour ton cœur :
Dieu fait à chacun son bonheur !

Rochefort

LE RÊVE A DEUX

ENTENDS-TU sonner l'heure
Qui t'appelait vers moi?
On dirait qu'elle pleure
De me trouver sans toi.
Elle aimait à renaître
Sous nos chants amoureux.
C'était rêver peut-être :
Mais nous rêvions à deux.

D'une voix souveraine
Tout se laisse enchanter.
Tu soumettrais la reine
Qui t'entendrait chanter.

Dans ses ennuis sans trèves,
Cette dame aux longs yeux
Donnerait tous ses rêves
Pour notre rêve à deux.

Mais depuis que l'absence
Tourmente ma raison,
Mon âme est en démence,
Le monde est ma prison.
C'est la cage affligée
Où se heurtent mes vœux.
J'étais si protégée
Dans notre rêve à deux!

Hors de tes bras fidèles,
Froide à tous les accords,
La danse n'a plus d'ailes
Pour soulever mon corps.
A moi-même ravie,
Tout bien m'est douloureux,
Le jour même est sans vie
Après le rêve à deux.

Comme un orage emporte
Tous les oiseaux d'un bois,

Rien ne chante à ma porte
Où ne vient plus ta voix.
Ah! si le ciel écoute
Les amants malheureux,
La douce mort sans doute
Sera le rêve à deux!

LA FIDÈLE

Si j'étais la plus belle
Comme la plus fidèle,
Je le serais pour toi !
Si j'étais souveraine,
Le roi de cette reine
Tu le serais par moi !

S'il te prenait l'envie
De demander ma vie
Pour te faire un beau jour,
Cette vie ignorée,
A l'amour consacrée,
Tu l'aurais, mon amour !

18

Et si tu disais : « Donne
Beauté, vie et couronne
Pour orner celle-là,
Cette seule que j'aime. . . . »
A cet autre toi-même
Je dirais : « Les voilà. »

Car s'il est doux de vivre
Pour s'attendre ou se suivre
Dans le même désir,
Pour une âme enflammée,
Vainement consumée,
Il est mieux de mourir.

UN DÉSERTEUR

J'ENTENDS sonner dimanche:
Qu'ils sont heureux là-bas,
Devant l'église blanche,
Parlant haut, priant bas!
Quand tout se sent renaître
Au soleil doux et chaud,
C'est le bon Dieu peut-être
Qui dore mon cachot!...

Ma mère! ma mère!
Qui priez là-bas,
Dans votre prière
Ne m'accusez pas!

De garde à la frontière,
Sur mon fusil penché,
J'écoutais sous la pierre
Un filet d'eau caché.
Puis, songeant à vos larmes
Au fond de vos yeux doux,
J'ai jeté là mes armes
Pour m'élancer vers vous !

Ma mère ! ma mère !
Qui priez là-bas,
Dans votre prière
Ne pleuriez-vous pas ?

Plus loin l'eau sans entrave
Appelait le nageur,
Et lassé d'être esclave,
Je me fis voyageur.
Une senteur d'automne
Ouvrait mon souvenir,
Et le canon qui tonne
N'eût pu me retenir. . . .

Ma mère ! ma mère !
Qui priez là-bas,
Dans votre prière
N'appeliez-vous pas ?

Les parfums du village
Troublent l'humble soldat;
Moi, je n'eus de courage
Qu'aux périls du combat.
A mes plaisirs d'enfance
J'avais rêvé le soir,
Et, tout fiévreux d'absence,
J'ai couru vous revoir....

Ma mère! ma mère!
Qui priez là-bas,
Dans votre prière
N'attendiez-vous pas?

Au fond de la nuit sombre,
M'excitant à marcher,
Comme un géant dans l'ombre
Se dressait mon clocher,
Et notre blanche église
M'attirait à genoux
Sous la croix où Louise
Est couchée avant nous.

Ma mère! ma mère!
Qui priez là-bas,
Dans votre prière
N'y pensiez-vous pas?

La mort donne quittance
Au soldat égaré,
Puisqu'après la sentence
Mes juges ont pleuré.
Paix ! voici la parade
Emplissant le chemin,
Et mon vieux camarade
Qui me tûra demain....

   Ma mère! ma mère!
   Qui priez là-bas,
   Dans votre prière
   Ne m'attendez pas!

Musique militaire
Qui bondis sur mon cœur,
Atteindras-tu sous terre
Le pauvre déserteur?...
Les cloches sur ma tête
Sont bonnes de courir....
Ce carillon de fête
M'encourage à mourir....

   Ma mère! ma mère!
   Qui priez là-bas,
   Dans votre prière
   Ne m'oubliez pas!

LA PAUVRE FILLE

A toi le monde! à toi la vie!
A toi tout ce que l'homme envie!
Mais dans l'ombre et sans me nommer,
A moi le ciel! à moi le bonheur de t'aimer!

Tu n'en sauras rien sur la terre.
Flamme invisible, en ton chemin
Je vivrai d'un ardent mystère
Sans avoir rencontré ta main.

A toi le monde! à toi la vie!
A toi tout ce que l'homme envie!
Mais dans l'ombre et sans me nommer,
A moi le ciel! à moi le bonheur de t'aimer!

Jeune aigle, amour d'une hirondelle
Qui te cache ses humbles jours,
Va planer loin d'un cœur fidèle
Dont le cri te suivra toujours.

A toi le monde ! à toi la vie !
A toi tout ce que l'homme envie !
Mais dans l'ombre et sans me nommer,
A moi le ciel ! à moi le bonheur de t'aimer !

FILEUSE

LA fileuse file en versant des larmes ;
Sur son lin choisi s'inclinent ses charmes.
Le fil oublié glisse de ses doigts
Et ses chants d'oiseau tremblent dans sa voix.

Sa quenouille est là toute négligée....
Oh ! d'un jour à l'autre on est si changée !
Quoi ! plus une rose à son front rêveur !
Qu'est-ce donc qu'elle a ? Je crois qu'elle a peur.

Elle était hier au banc de l'enfance
Avec ses fuseaux pour toute défense ;
Mais le soir l'enfant ne les avait pas
Quand quelqu'un dans l'ombre a suivi ses pas.

Personne aujourd'hui ne la voit plus rire.

En si peu d'instants qu'a-t-on pu lui dire?

Ah! pour qu'elle file en versant des pleurs,

Il faut que dans l'ombre on ait pris ses fleurs!

LE TRÈFLE A QUATRE FEUILLES

Tu fais de longs jours
Qui chantent toujours,
Trèfle, à qui te cueille.

Tu portes bonheur
Et sauves le cœur
Qui bat sous ta feuille.

Talisman des rois,
Je trouve une fois
Ton étoile verte !

Grondent donc souvent
Grêle, pluie et vent,
Ma vie est couverte !

Et quand même un jour
J'entendrais l'amour
Sonner à ma porte,

Riant à ce nom,
Je dirais : « Non, non,
Que Dieu vous emporte !

« Je vois sous vos fleurs
Que beaucoup de pleurs
Ont mouillé vos armes.

« Je n'en suis plus là ;
Mon cœur, le voilà :
Sans vous.... mais sans larmes ! »

LES OISEAUX

CARAVANE aux voix enflammées,
Légers navigateurs du vent,
Petites âmes emplumées
Qu'une fleur héberge souvent ;
Peuple d'en haut, joyeux mystère,
Donnez votre exemple à la terre,
Vous qui suivez la même loi,
Vous qui chantez le même roi !

Sous l'arceau de la vieille église
Ou dans l'arbre en fleurs du chemin,
Le cœur au nid, l'aile à la brise,
Harmonistes du genre humain ;
Peuple d'en haut, joyeux mystère,
Donnez votre exemple à la terre,

Vous qui suivez la même loi,
Vous qui chantez le même roi !

Quand vos délirantes roulades
Font sourire un morne empereur,
Vous versez les mêmes aubades
Dans l'oreille du laboureur.
Peuple d'en haut, joyeux mystère,
Donnez votre exemple à la terre,
Vous qui suivez la même loi,
Vous qui chantez le même roi !

Exempts de nos durs anathèmes,
Vous vous épousez dans les airs
Et, multipliant vos baptêmes,
Vous peuplez gaîment l'univers !
Peuple d'en haut, joyeux mystère,
Donnez votre exemple à la terre,
Vous qui suivez la même loi,
Vous qui chantez le même roi !

Sans clefs, sans portes, sans ferrailles,
Sans rideau, pour y voir plus clair,
Vos loyers pendent aux murailles
Que l'homme fait payer si cher !
Peuple d'en haut, joyeux mystère,

Donnez votre exemple à la terre,
Vous qui suivez la même loi,
Vous qui chantez le même roi !

Jamais un triste plan de guerre
N'a rassemblé votre conseil,
Et vous ne vous attroupez guère
Que pour saluer le soleil.
Peuple d'en haut, joyeux mystère,
Donnez votre exemple à la terre,
Vous qui suivez la même loi,
Vous qui chantez le même roi !

Levés avec l'aube levée,
Montant vers Dieu dans sa lueur,
Au voisin de votre couvée
Vous n'allez pas chanter malheur !
Peuple d'en haut, joyeux mystère,
Donnez votre exemple à la terre,
Vous qui suivez la même loi,
Vous qui chantez le même roi !

Dans vos luttes d'amour sans larmes,
Musiciens toujours d'accord,
Vous rendez seulement les armes
A qui chantera le plus fort !

Peuple d'en haut, joyeux mystère,
Donnez votre exemple à la terre,
Vous qui suivez la même loi,
Vous qui chantez le même roi !

Si vos nids dans nos paysages
Sont menacés par les chasseurs,
Vous allez loger aux nuages,
Plus libres que vos oppresseurs !
Peuple d'en haut, joyeux mystère,
Donnez votre exemple à la terre,
Vous qui suivez la même loi,
Vous qui chantez le même roi !

D'une divine sépulture
Honorant vos frêles débris,
Orchestre ailé de la nature,
Les cieux vous servent-ils d'abris ?
Peuple d'en haut, joyeux mystère,
Donnez votre exemple à la terre,
Vous qui suivez la même loi,
Vous qui chantez le même roi !

Car jamais on n'a vu la trace
De vos corps tombés dans les bois,
Où vous ne laissez que la grâce

D'un écho rempli de vos voix.
Peuple d'en haut, joyeux mystère,
Donnez votre exemple à la terre,
Vous qui suivez la même loi,
Vous qui chantez le même roi !

Ah ! je sens que je fus colombe,
En voyant vos ailes s'ouvrir ;
Et pour vous suivre par la tombe,
J'ai déjà moins peur de mourir.
Peuple d'en haut, joyeux mystère,
Donnez votre exemple à la terre,
Vous qui suivez la même loi,
Vous qui chantez le même roi !

L'ESPÉRANCE

Ouvrez ! ouvrez ! Je suis bonne nouvelle !
Je viens de loin et mes pieds sont poudreux.
Vous m'attendiez : j'accours dès qu'on m'appelle !
Ouvrez ! J'arrive avec des biens nombreux.

Prenez ceci, puis ceci, puis encore :
Voilà de quoi remplir bien des beaux jours.
Adieu ! J'entends une voix qui m'implore ;
Gardez mon nom, je reviendrai toujours.

PRIÈRE

voyde au Mont Carmel pour les prisonniers du Mont Saint-Michel

1843

Si, porteuse d'ailes,
Je pouvais monter
Où les hirondelles
Volent s'abriter ;
Si l'ardent cantique
Sorti de mon cœur,
Du Carmel antique
Allait au Seigneur :

Je n'y porterais pas une superbe aumône.
Je n'ai rien. Mais plus près de ce roi qui pardonne,
Je laisserais tomber les larmes de mes yeux
Pour qu'il ouvre un Carmel à de chers malheureux.

Si, porteuse d'ailes,
Je pouvais monter
Où les hirondelles
Volent s'abriter :

Sur les pieds du Seigneur je répandrais mon âme;
Il n'a repoussé, lui, ni l'enfant ni la femme,
Et je lui montrerais, n'ayant rameaux ni fleurs,
Du sombre Saint-Michel les stagnantes douleurs.

Si, porteuse d'ailes,
Je pouvais monter
Où les hirondelles
Volent s'abriter :

Des sinistres hauteurs de ce cloître rigide
Où la loi va suspendre un sursis homicide,
Epiant les cris sourds qui ne s'entendent pas,
J'en remplirais mon cœur pour les crier là-bas !

Si, porteuse d'ailes,
Je pouvais monter
Où les hirondelles
Volent s'abriter :

Des mères sans repos veuves de jeunes vies
A leurs chers désespoirs saintement asservies,
J'élèverais si haut les placets repoussés
Que j'obtiendrais l'oubli des orages passés.

Si, porteuse d'ailes,
Je pouvais monter
Où les hirondelles
Volent s'abriter :

J'irais, pour réchauffer ces cellules affreuses
Où s'éteignent sans jour tant d'âmes malheureuses,
J'irais, dans un amour à nul autre pareil,
Porter, même au coupable, un baiser du soleil !

Si, porteuse d'ailes,
Je pouvais monter
Où les hirondelles
Volent s'abriter :

Frère, à qui je confie une clameur timide,
Vous qui montez toujours, charitable, intrépide,
Pèlerin tout chargé des trésors de la foi,
Pour relever ses murs vous n'iriez pas sans moi.

Si, porteuse d'ailes,
Je pouvais monter
Où les hirondelles
Montent s'abriter.

Allez donc prier Dieu de secouer la terre
Afin d'en rejeter cette bastille austère.
Oh! comme il ouvrirait ses cachots étouffants!
Oh! qu'il rendrait d'air pur à ses pâles enfants!

Si, porteuse d'ailes,
Je pouvais monter
Où les hirondelles
Montent s'abriter;
Si l'ardent cantique
Sorti de mon cœur
Du Carmel antique
Allait au Seigneur!

On dit que le frère Charles d'Agui Santi, chargé de quêter pour l'achèvement du monastère hospitalier du Mont Carmel, vient d'être assassiné dans la montagne en reportant les aumônes qu'il avait recueillies avec tant de fatigues.

Le vrai chrétien est monté bien plus haut qu'au but de sa mission terrestre. Il est rentré bien jeune dans la divine patrie, l'âme encore émue des voix qui s'étaient réunies à Paris dans un concert sacré pour aider à l'œuvre de dévouement et de charité des solitaires de la Palestine.

LE BANNI

Les toits étaient dorés par le couchant ;
D'heureux enfants jouaient dans la poussière
Et d'une église, où tintait la prière,
La brise au loin portait le dernier chant.

Sur le chemin à tous libre et splendide,
Un homme seul errait triste et livide :
Cet homme étrange avait peine à courir,
Et peine à vivre.... et peut-être à mourir.
Son œil voilé jetait un feu farouche ;
D'ardents soupirs par force ouvraient sa bouche ;
Quelqu'un, l'osant, eût crié : « Qu'avez-vous ? »
Mais il craignait la charité de tous.

De tous.... oh! non, peu regardaient cette âme
Passer traînant son orageuse flamme,
Comme voulant entre le sol et l'air
Glisser furtive et pareille à l'éclair.
La terre est longue à toute âme exilée,
Fuyant son nom de vallée en vallée.
Rien sur son corps ne tient que par lambeaux;
S'il va s'asseoir, c'est auprès des tombeaux.
Qu'a-t-il donc fait? Qu'en a-t-on su?... Qu'importe!....
Son dur pays qui lui ferme la porte
Le sait-il mieux? Le plus sûr aujourd'hui,
C'est de prier pour son juge et pour lui.
Dieu les attend et tous les deux sont frères,
Dieu tient la clef de terribles mystères.
Sa loi n'est pas l'éternelle rigueur :
Dieu fit l'amour, l'homme en a fait l'erreur.

Ayant franchi le carrefour qui crie,
Une humble voix a dit : « Je vous en prie!
« Faites l'aumône à mon destin voilé,
« Et dans vos maux vous serez consolé.
« Vous verrez l'heure à sa douce lumière :
« De toute joie, hélas! c'est la première!
« Voyez! voyez! et que Dieu sur vos pas
« Sème les biens que nous ne voyons pas! »

Et l'homme étrange a tressailli dans l'ombre ;
Et l'eau divine a mouillé son œil sombre,
Cette eau du cœur qui lave le remords
Comme une pluie a relevé son corps.
Il a donné ! Ce pauvre a fait l'aumône,
Et l'autre pauvre a béni qui lui donne ;
Et le voyant, au son de cette voix,
A cru rentrer dans son libre autrefois.
Tout parcouru par cette voix bénie,
Il jurerait que sa peine est finie.
Pour une larme, hélas ! pour un grain d'or,
Dieu permet donc qu'on le salue encor !

« La voix, dit-il, parle comme ma mère !
Elle a rompu pour moi la mort amère,
Et remué comme un petit enfant
Le vieux banni dans l'exil étouffant.
Merci, ma mère ! » Et le banni se couche
Sous le nom pur qui rassainit sa bouche.

O vieille mère ! aumône de l'amour !
Voilà ton fils doux comme au premier jour !

FRAGMENT

QUAND les anges entre eux se parlent de la terre,
Le dernier qui l'a vue ébruite avec mystère
Quelque secret d'enfant pris dans cet humble lieu,
Qu'il cache sous son aile et qu'il rapporte à Dieu.

Nos mères les ont vus, durant les nuits brûlantes,
Semant sur leur chemin les étoiles filantes,
Ces éclairs sans orage, aux glissantes blancheurs,
Répandus sous les pas des anges voyageurs.

L'un d'eux, qui remontait souriant et plein d'aise,
Tandis qu'un cercle aimé le salue et le baise,
Dégageant ses beaux pieds de leurs sandales d'or,
Ouvre ainsi tout son cœur qui palpitait encor :

« J'arrive de la terre où la nuit est bien noire ;
L'homme en a presque peur ; c'est à ne pas le croire !
Les cœurs sont si cachés dans ces étroits séjours
Que même en se parlant on s'ignore toujours ;
Et, sinon les instants où d'indicibles flammes
Révèlent par les yeux la présence des âmes,
Dans l'ombre se cherchant, mais étrangers entre eux,
Vous n'imaginez pas comme ils sont malheureux.
Les plumes dans le vent flottent moins ballottées
Que ces ombres en bas dans le doute emportées.
Qu'est-ce donc qu'une vie attachée à des corps
Dont un faible roseau peut rompre les ressorts !
Dieu qui les veut mortels a marqué leur visage,
Même les plus charmants, d'un douloureux présage ;
Mais distraits par des jeux vides et décevants,
Ils deviennent vieillards sans cesser d'être enfants.
Jaloux de nos clartés qu'ils ne peuvent atteindre,
Allumant de grands feux toujours prêts à s'éteindre,
Pour éclairer leurs jours et leur destin voilé,
Ils n'ont qu'un seul soleil et qu'un ciel étoilé !
Puis noyant leurs soucis dans des flots de paroles,
Dans un rire insensé, dans des colères folles,
Ces aveugles épars, pleins d'horreur pour la mort,
En la fuyant partout la donnent sans remord.

« C'est triste!... C'est la terre. Et pourtant, mille charmes
Nous attirent sans cesse à ce pays des larmes.
On dirait que, poussés d'un profond souvenir,
Nous allons les guider au céleste avenir.
Et j'allais.... Et pareils à des oiseaux nocturnes,
Ces pensers me guidaient, tendres et taciturnes.
Vers le toit d'un palais où j'entendais gémir
Un enfant, roi futur, qui ne pouvait dormir.

« Qu'as-tu, petit chrétien roulé dans tes dentelles?
Fines comme le vent, en quoi te blessent-elles?
Dis, petit roi pleureur, dis tout ce que tu veux
Et vers le roi des rois je porterai tes vœux. »

. . . .

TABLE DES POÉSIES

AMOUR

FAMILLE

FOI

ENFANTS ET JEUNES FILLES

POÉSIES DIVERSES

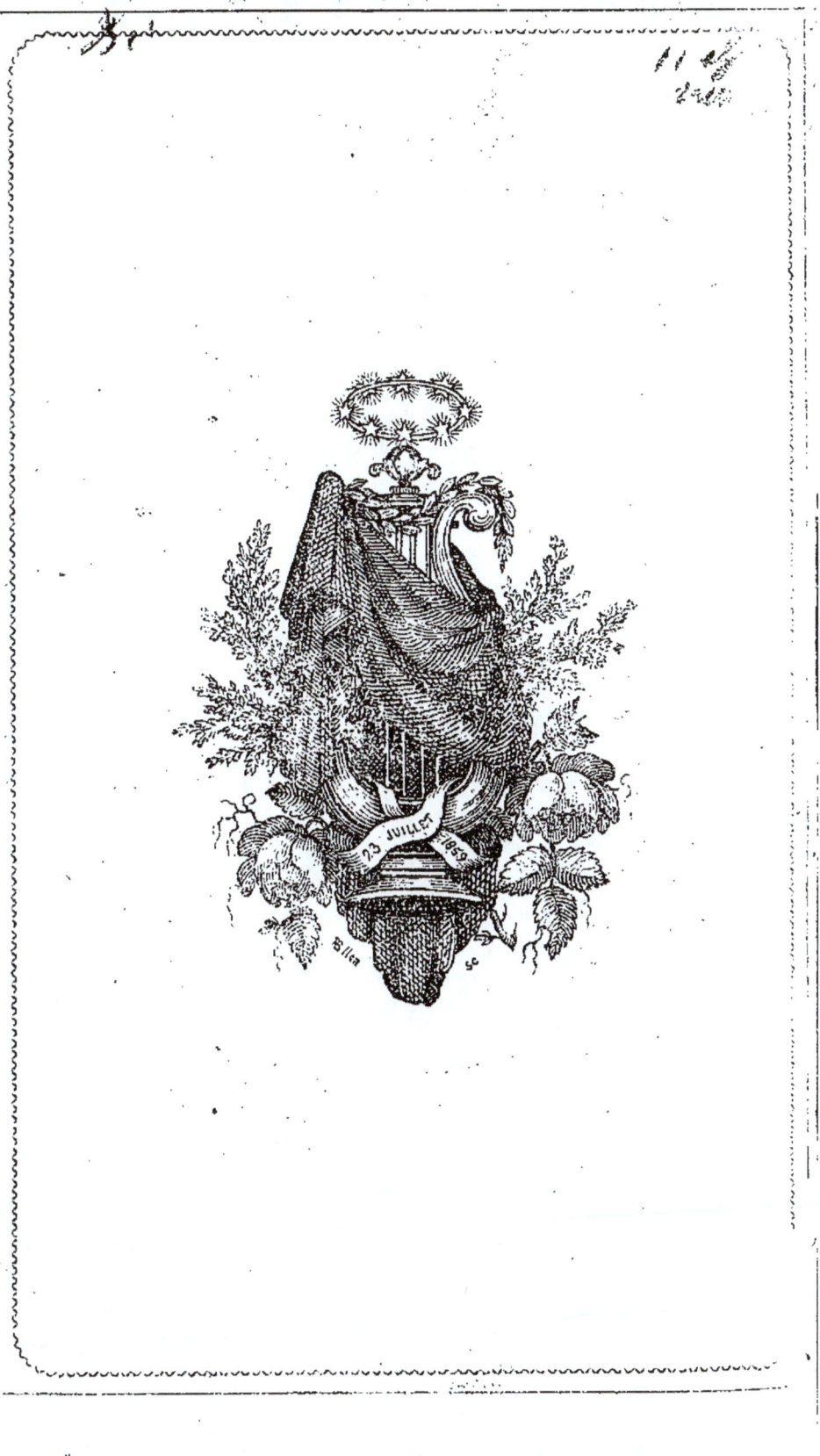

23 JUILLET 1869